Los años invisibles

Los años invisibles

RODRIGO HASBÚN

LITERATURA RANDOM HOUSE

Papel certificado por el Forest Stewardship Council®

Primera edición: septiembre de 2020

© 2019, Rodrigo Hasbún
© 2020, Penguin Random House Grupo Editorial, S.A.U.
Travessera de Gràcia, 47-49. 08021 Barcelona

Printed in Spain – Impreso en España

ISBN: 978-84-397-3625-7
Depósito legal: B-4.230-2020

Compuesto en La Nueva Edimac, S. L.

Impreso en Egedsa
Sabadell (Barcelona)

RH 36257

Penguin
Random House
Grupo Editorial

Hay una tierra donde hacemos las cosas mejor, donde no cometemos los mismos errores y nuestro silencio o nuestra inmovilidad no le provocan daño a nadie. Una tierra donde seguimos siendo los que hemos sido, pero en versiones menos desordenadas y más pulcras. Todos somos extranjeros ahí.

HERNÁN MACHICA,
Pequeño tratado sobre los que huyen

ÍNDICE

1

Allá lejos

Ve a Joan revisando otro estante, unos pasos más allá, y duda si acercarse a saludarla, si fingir que no se ha dado cuenta, si huir nada más. ¿Alguna vez aprenderá a ser más valiente? ¿Algún día sabrá seguir su instinto sin cuestionarlo de inmediato? Antes de que alcance a hacer nada, ella se voltea y lo ve.

'Ladislao', dice.

Hasta ese momento él nunca se ha preguntado cuántos años tendrá la nueva profe de inglés, pero no pueden ser muchos más de treinta por cómo viste fuera de clases, como recién llegada de un planeta en el que no es necesario combinar la ropa o donde existe una comprensión diferente de lo que eso significa. Él, en cambio, va aburrido con el pantalón gris y la camisa blanca que los obligan a usar en el colegio. Además del cabello largo, solo su walkman en la mano y los viejos audífonos que tiene puestos podrían evidenciar quién es.

Se los quita y Julián deja de gritar que el cielo está a punto de incendiarse y Xavi y Juancho dejan de darle como poseídos al bajo y la batería. Les ha prometido un video para esa canción, y por eso ha estado oyéndola mil veces, pero todavía no sabe sobre qué va a ser. ¿Sobre un grupo de humanos que apenas se mantienen en pie aunque en verdad quisieran caerse nada más, caerse para no ser vistos, por ejemplo por sus profesoras? ¿Sobre esos mismos humanos arrastrándose por el suelo, en ese videoclub o en un bosque interminable o donde sea, como si no fueran los animales que ganaron sino los que perdieron? ¿Algo así de bizarro podría funcionar?

'Hola, Joan', responde mientras sus manos enroscan los audífonos alrededor del walkman, que luego guardan en el bolsillo de la mochila.

'¿Qué haces todavía… *in uniform*?', pregunta ella.

Él le cuenta que después del colegio tenía que ir a comprar cintas para su cámara al Miamicito, en la Cancha, y que a la vuelta se metió en un cine donde estaban pasando una película que le interesaba ver.

'¿Y ahora rentas otros?'

'Eso parece', dice, y añade que ver pelis le encanta y que quiere ser cineasta, si algo sabe es justamente eso.

'Wow', dice Joan con su acento gringo, 'qué bueno que tienes las cosas claros desde tan pronto. *So I'm looking at the next Spielberg then?*'

'¿Tú qué estás sacando?'

'Uno para ver mañana en clase con ustedes.'

Él examina la tapa. Se nota que es una película convencional, una más entre cincuenta mil otras, pero prefiere no decirlo así como prefirió no aclarar que lo último que le gustaría ser es el próximo Spielberg. El cine no es Spielberg. Ni siquiera es Kubrick el cine. Es Cassavetes y Jarmusch y, quizá, sobre todo Mekas. En las vacaciones ha visto las pelis que el viejo judío tiene de ellos y son esas pelis las que lo han convencido de que quiere ser parte de su estirpe, la de los cineastas que laburan con los amigos y a veces sin un peso de por medio, la de los que no dejan de jugar ni cuando ya se han vuelto viejos.

'Yo estoy llevando estas.'

Se las pasa a Joan.

'Cine asiático', aclara, aunque sea obvio por las letras.

'¿Vas a ver uno ahora?'

'Sí, la de aquí. Qué buen nombre, ¿no?'

'...'

'*Happy Together*, como la canción.'

'¿Quieres verlo juntos?'

Ambos sonríen ante la pregunta y algo raro sucede entonces, cuando sus miradas se cruzan. Aunque Ladislao la haya visto en el colegio tantas otras veces, es como si atisbara recién qué lleva dentro Joan.

'*Maybe it's not such a good idea*', se retracta ella después de unos segundos en los que él no logra decir nada. Y no lo logra porque ella nunca le había parecido hermosa hasta hace unos segundos, lo que quiere decir que acaba de presenciar una transformación radical, no tanto en Joan pero sin duda sí en su forma de mirarla. Y porque no sabe si en Estados Unidos será normal que los profesores y los estudiantes se vean fuera del colegio, pero en Bolivia no. Y porque todo en ella lo inquieta un poco, incluidos los ejercicios de sus clases. En la última estuvieron ovillados en el suelo durante diez minutos, simulando ser piedras, y otras veces los ha obligado a abrazarse en grupo durante largo rato. Es para ayudarlos a liberarse de sus trabas interiores, y para que se sientan más vivos y más en sintonía unos con otros, pero también para prepararlos para la obra de teatro que montarán a fin de año. 'Tus padres pueden preocupar.'

'No, no pasa nada. Veámosla', balbucea Ladislao y empieza a caminar hacia el mostrador como prueba de que habla en serio. Por suerte no está ahí hoy el viejo judío, no hubiera sabido disimular ante su presencia.

'Mi lugar es a cuarenta segundos', dice Joan apenas salen y, ante la confusión de Ladislao, apunta hacia el mismo edificio del videoclub.

'Mentira.'

'Sí.'

'No te creo.'

'Ven, la entrada a los apartamentos es por este lado.'

A pedido de ella suben por las gradas hasta el sexto piso. Él no está seguro si es por el ejercicio o para que no los vean los vecinos, o si la decisión esconde alguna razón medioambiental o un viejo miedo, pero hace como si fuera lo más normal del mundo evitar los ascensores.

Ya en el apartamento, va hacia el sofá, pone su mochila a un costado y se deja caer. Ella se descalza y acomoda sus chanclas al lado de la puerta.

'Tantas plantas', se anima a decir Ladislao.

'Me acompañan, me hacen feliz.'

'…'

'¿Coca?'

'Dale, gracias.'

Joan vuelve de la cocina con dos vasos y una bolsa de papas fritas gringas. Los deja en la mesita y se sienta a su lado.

'Me gusta tu apartamento.'

'Es lindo, sí. Pero las plantas lo hacen más lindo todavía. Ese es el secreto. Y es barato, por lo menos si comparo con los precios de San Francisco. Si comparo con los precios de San Francisco es regalo.'

Todavía hay luz afuera pero ya está sucia y empieza a atenuarse. Es la mejor hora para filmar: todo se desdibuja y los tonos se confunden y parecería que el mundo se está acabando. A Ladislao lo hace feliz que esa sensación se repita día a día, que el mundo siempre se esté acabando.

'¿Conoces Hitchcock?'

'Sí, claro.'

'Varios de sus películas son ambientados allá. El de pájaros, que es tan tenebroso… tan enfermo. Y el del hombre que espía a su vecina.'

'*La ventana indiscreta.*'

'Este', dice Joan y sonríe como acordándose de algo, quizá el momento en el que la vio. Él no recuerda si lo hizo.

Pasa tanto tiempo en el videoclub, recorriendo los pasillos y revisando las tapas de las pelis y hablando con el viejo judío, que a veces se confunde. Dicen que el viejo perdió a su madre, a sus hermanos y a varios amigos en un campo de concentración, y que solo logró eludir la muerte gracias a la astucia y el azar. Dicen que en algún momento estuvo tres meses casi sin comer, y que a sus veintitantos tenía el cuerpo de un niño cuando subió al barco que lo trajo a este lado. Medio siglo después, más allá de la maldad que atestiguó y de todo lo que perdió en los peores años, Ladislao nunca lo ha visto atormentado ni ausente. Hace poco se le ocurrió que debería entrevistarlo, filmar unas cuantas charlas, oír su historia en detalle, pero todavía no se anima a preguntarle. ¿Algo con el viejo podría servir para el video que le ha prometido al grupo de Julián?

'¿Te gusta Cocha?'

'Sí, mucho.'

'¿De cómo viniste? Digo, de todas las ciudades, ¿por qué elegiste justo Cocha? Hubiera sido mejor cualquier otro lugar.'

'No entiendo.'

'Aquí nunca llega nadie. Solo gente como el viejo del videoclub. Gente que huye de lo peor… o gente que intenta salvarse.'

'Entonces también soy alguien que intenta salvarse', dice Joan. 'O quizá mejor alguien que huye. Qué linda palabra, *huir*.'

'Huir al fin del mundo.'

'Esto no es el fin del mundo, Ladislao.'

'Si no es, parece.'

'No has visto el pueblo de mi abuela. Al lado de esto Cochabamba es una metrópolis.'

'Una metrópolis moribunda que puedes cruzar a pie en media hora.'

'¿No te gusta?'

'Me gusta, pero quisiera que pasen más cosas.'

'Para mí todo se siente más real aquí. La gente vive sin grandes ambiciones, sin preocuparse todo el tiempo del futuro, de la acumulación.'

'¿Y eso te parece bien?'

'¿A ti no?'

'No sé. No.'

'Es fácil mezclar en la cabeza ambición y dinero, y dinero arruina a las personas, las vuelve más pequeñas, más egoístas. Y mientras tanto la vida se va.'

'...'

'¿Te molesta que fumo?'

La pregunta desconcierta a Ladislao, en Bolivia nadie pregunta.

'Dale tranqui.'

'¿Seguro?'

'Segurísimo', dice él.

Pero ella no enciende un cigarrillo. Lo que hace más bien es traer de la cocina una bolsita en la que Ladislao ve armados tres porros. Se queda con uno, al que acerca la llama del encendedor antes de chuparlo varias veces. Él no puede dejar de mirar. Le cuesta creer que eso sucede ahora mismo, que no se lo está imaginando todo. Pero no se lo está imaginando, su nueva profe de inglés se ha puesto a fumar marihuana a su lado una tarde que era cualquier tarde pero que ya no lo es, que ya nunca va a serlo.

Joan le ofrece el porro.

Él no sabe bien qué hacer con él.

Lo agarra entre el pulgar y el índice y lo chupa apenas.

'Así no vas a sentir nada, Ladislao', dice ella.

Él aspira largo la segunda vez y tose un poco y vuelve a aspirar.

'Nunca estuviste aquí', la oye decir entonces.

'No', responde.

'Esto no pasó.'

'No te preocupes, si ni siquiera sé dónde vives.'

Joan se ríe y lo contagia y terminan el porro así, incapaces de contener la risa. Luego abren la bolsa de papas fritas y ponen la película. Es de un director chino pero sucede en Buenos Aires. Una pareja gay se destruye con empeño y minuciosidad en esa ciudad ajena en la que ellos se ven forzados a trabajar incluso limpiando sangre en un matadero. El amor que siente uno es más verdadero que el amor que siente el otro y ese desencuentro desemboca más pronto que tarde en un agujero del que no saben irse.

Ladislao jamás ha visto una peli de presupuesto que tenga cortes tan inesperados, escenas tan viscerales y dolorosas, música tan bella. Es posible que la fumada lo haya puesto más sensible, que lo haya hecho experimentarla de forma más intensa. Se queda mudo cuando termina, incapaz de ignorar la sensación de que él y Joan son menos reales que los personajes de la peli, la sensación de que los personajes de la peli existen más que ellos.

Ya solo son visibles gracias al resplandor de la pantalla.

'Pensé que iba a ser alegre.'

'…'

'¿No que se llamaba *Happy Together*?'

Ladislao asiente pero no está seguro si Joan lo ve.

'No entiendo qué sentido tiene hacer algo así, tan pero tan triste, tan sin solución', dice ella mientras se levanta y se mete en el baño. Segundos después él oye el chorrito de su pis contra el agua de la taza. Es un sonido moroso, preciso, grato. El principio de lo que le será imposible sacarse de la cabeza está ahí. El principio de lo que lo acercará o alejará de la versión más luminosa de sí mismo, de la versión más miserable de sí mismo. El principio de la incertidumbre, de lo que no tiene vuelta atrás. Ladislao lo sabe o sospecha, oyendo el chorrito de su pis. Sabe o sospecha que está en el principio de algo que se ha puesto en marcha unas horas antes, algo que persistirá mientras todo lo demás se pierda.

'Yo voy yendo', dice apenas ella vuelve del baño con la cara lavada y el cabello mojado. Lo dice porque su mamá debe estar preocupada, si ha regresado ya, pero sobre todo porque es un cobarde y busca defenderse de eso que acaba de ver en el aire. Además no sabe qué pueda pasar si se queda.

Se levanta y se pone la mochila al hombro.

'¿No quieres comer algo? Tengo pasta de espinacas.'

¿La está decepcionando yéndose tan pronto? ¿Le está mostrando lo diminuto que se vuelve cada vez que la vida lo pone a prueba?

'Vas a arrepentir de perder esto.'

'Gracias por la no tarde… por la no peli', es lo único que logra decir.

'Gracias a ti por no venir', dice Joan tras unos segundos inciertos, y le da un abrazo que él no esperaba. Antes de abrir la puerta le da también un beso en la mejilla, un beso que deja rastros de saliva en su piel.

El principio está ahí.

Andrea siente ganas de que la abracen fuerte, de que la aprieten hasta triturarle los huesos, mientras devuelve la hoja membretada al sobre y le ofrece una sonrisa a la enfermera, como si solo la hubiera puesto al tanto de su colesterol. Cae una lluvia ligera y tarda en encontrar la llave del viejo convertible rojo que su padre le ha regalado cuatro meses atrás, a insistencia suya, apenas cumplió diecisiete. Se acomoda en el asiento, aplasta el seguro con el codo y vuelve a examinar la hoja que acaban de entregarle en el laboratorio. Es una sola palabra la que importa. Intenta alterarla con la mirada pero la conclusión sigue siendo la misma, que es la estúpida más grande del mundo y que ahora le toca atenerse a las consecuencias. Porque hay algo dentro suyo, aunque todavía sea imperceptible. Su sangre dice que lo hay, dicen ellos que su sangre dice.

Son las ocho menos veinte, todavía puede llegar al colegio si acelera. La idea inicial era esa, pero no esperaba estos resultados a pesar de que todo apuntara hacia ellos. Enciende un cigarrillo y le da varias billas seguidas. Afuera la lluvia sigue cayendo, limpia a la ciudad de su mugre interminable.

Lleva días preguntándose cuándo pudo ser. Quizá la vez después del partido de básquet de Nicole. O la del auto, la noche que pelearon en el estadio. Si amara a Humbertito, si lo amara en serio, sería distinto. Si lo amara en serio sentiría menos frío ahora, menos necesidad de que rompan su cuerpo.

La espabilan tres golpes en la ventana. Es un niño harapiento de unos seis o siete años. Lleva puesta ropa americana usada, de esa que venden en la zona sur, y se protege de la lluvia con un plástico. En la mano libre carga una caja de chicles que hace entrechocar en el aire. Andrea se queda mirándolos, son los Bazooka de su infancia. Niega con un movimiento de cabeza mínimo pero contundente, un gesto que detesta en su madre pero que últimamente se ha descubierto reproduciendo cada vez más. El niño sacude la caja, sigue haciendo que los Bazooka choquen entre sí. Podría comprarle unos cuantos, o regalarle una moneda, pero la molestan su impertinencia y tozudez, a él no parece importarle que ella tenga los ojos enrojecidos, que esté aguantándose apenas las ganas de llorar. Lee en su polera "I really need a day between Saturday & Sunday" y piensa que el dueño inicial de la prenda ni siquiera debe saber dónde queda Bolivia. 'Por favor, es para mi pancito', insiste el niño. Ella vuelve a negar con el mismo movimiento de cabeza, le da una última billa al cigarrillo y lo apaga contra el cenicero antes de encender el auto y, torpemente, como si huyera de una catástrofe, largarse de ahí.

Las próximas horas las pasa dando vueltas por la Pando, la América y la Circunvalación. Adelanta a otros autos sin ningún cuidado, pisa a fondo el acelerador. Sus padres se fueron hace unos días, no hay peligro de que la vean. Dijeron que iban a Miami pero ella sabe que solo encontrarían a sus amantes respectivos ahí, antes de seguir viaje cada uno por su lado.

Su madre y su padre han decidido permitirse estar con otra gente. Lo oyó hace cinco o seis meses en una conversación telefónica de su madre (al principio sin querer, después con incredulidad y dolor pero también con una alegría expansiva) y, aunque no entendió todo lo que decía, se enteró así del nuevo acuerdo y de la tregua. Ahora es bueno que no estén, que no sepan nada de lo que ella sabe. Es bueno acelerar a fondo, destrozar la sensación de sueño invocando el peligro. Es bueno que suenen a todo volumen los Cadillacs. "Vos que andás diciendo que hay mejores y peores, vos que andás diciendo qué se debe hacer… Qué me hablás de una raza soberana… Superiores, inferiores, una minga de poder." Andrea no entiende nada pero no importa, las palabras no tienen realidad, la rabia sí y la canción está llena de rabia. En el estribillo empieza a cantar: "¡Mal bicho!… todos te dicen que sos… ¡mal bicho! Así es como te ves… ¡mal bicho!, ¡mal bicho!, ¡mal bicho!" Y más un rato, al final, termina gritando con todas sus fuerzas mientras golpea el volante: "A la guerra… a la violencia… a la injusticia… y a tu codicia… ¡digo no!, ¡digo no!, ¡digo no!, ¡digo no!, ¡digo no!"

Es una canción que sonaba en todas partes cuando estaba en Segundo y la ha bailado mil veces con los del curso. Más que bailarla saltaban nada más, porque eso mismo hacían los Cadillacs en sus videos. Rodeada de esa música, aguijoneada por ella, siente una ráfaga de desesperación por no tener las cosas claras. Manejar y fumar y mirar hacia fuera es su manera de intentar aclararlas. Acaba la canción y empieza otra más melodiosa y suavita: "Living is easy with eyes closed… misunderstanding all you see. It's getting hard to be someone… but it all works out… it doesn't matter much to me". Va al Stop and Go de la América. Sin bajarse del auto, pide una cajetilla de Marlboro y una botellita de Coca. En una gasolinera de la Santa Cruz hace que le llenen el tanque. Nadie le pregunta nada, los intimida quizá con su frialdad, con sus ojos verdes. Son las once y está lista para seguir. El tiempo se siente diferente fuera del colegio y ella también. Más parecida a la que va a ser, más innegable y verdadera. No le gusta lo que suena, retrocede el casete. De nuevo canta a gritos poco después: "¡Mal bicho!… todos te dicen que sos… ¡mal bicho! Así es como te ves… ¡mal bicho!, ¡mal bicho!, ¡mal bicho!"

Quisiera quedarse en el auto para siempre, no bajarse nunca más. Envejecer manejando, dando vueltas. Morirse manejando, sin que duela.

La secretaria le dice que el doctor Angulo no ha llegado todavía.

'¿A qué hora llega?', pregunta Andrea.

'Tiene una cita a las dos, así que en cualquier momento. Pero no tiene espacio hoy.' Revisa la agenda frunciendo el ceño, como si hubiera encontrado anotada una noticia absurda, o como si no comprendiera su propia letra. 'Si gustas puedo ofrecerte una hora el próximo martes… a las cuatro de la tarde. O el miércoles… a las siete.'

'Vuelvo', dice Andrea y se voltea rápido sin dar ninguna explicación. No sabe si fue buena idea ir. Quizá no lo fue y está bien no encontrarlo. Quizá no encontrarlo sea una señal de que es mejor no verlo, de que debe seguir dando vueltas en su auto otras ocho o diez horas más.

La clínica está en una vieja casona reacondicionada para ese propósito. Se sienta en el pretil de la acera opuesta. Es la una y veinte, sus compañeros saldrán pronto de clases. A la mayoría los conoce desde que tenían cinco años y todavía puede volver al instante en el que vio a algunos por primera vez. Ninguno ha cambiado tanto, lo que más los define y diferencia ya era visible en esos niños.

Ha dejado de llover pero sigue gris y empieza a oler a tierra mojada. Andrea piensa en lo que hay dentro suyo, en lo que eso que no existe todavía podría llegar a ser con el tiempo. ¿Tendría que casarse con Humbertito? ¿Ahora, antes de que se termine el año y para siempre? Enciende otro cigarrillo. Se deshace del humo en hilitos finos que se pierden en el aire mientras recuerda el folleto antiaborto que les dieron el año pasado en las clases de Educación Cívica. El folleto estaba lleno de fotos de bebés a los que les hacían implorar, en globos de cómics, que por favor no los mataran. Decían ahí que Beethoven y varios otros genios pudieron haber sido abortados por sus madres solteras y pobres y violadas, pero que ellas le hicieron un gran bien a la humanidad con su integridad y fortaleza. Decían también que en Bolivia cientos de mujeres al año experimentan muertes horribles por meterse en la vagina alambres punzantes. Lo de Beethoven se había vuelto una broma recurrente en el curso. 'Beethoven pero también tú', se molestaban unos a otros cuando hacían mal un ejercicio en la pizarra o cuando se aplazaban en algún examen. Andrea sonríe al pensarlo. Se va a dar cinco minutos más. Si el doctor no aparece en ese tiempo ya verá qué hacer.

Pero a los cinco minutos es incapaz de levantarse del pretil de la acera, de hacer nada que no sea encender otro cigarrillo. Forma figuras en el aire con el humo. Le gusta que esté gris, haberse perdido un día de clases. Les tocaba Mate y Física, este año los lunes son el día más pesado. Sabe que en la universidad tendrá más libertad, con los horarios y con todo. Todavía no ha decidido qué estudiar, si finalmente lo hace. Su madre insiste que se vaya a Estados Unidos, su padre prefiere que se quede en Cocha. Ni su padre ni su madre tienen la menor idea de lo que le sucede, de lo que dicen que su sangre dice. Le cuesta imaginarse rodeada de otra gente en esas clases que no sabe si algún día tomará o no. ¿Quizá sí sería lindo ser mamá, dedicarse a eso nada más, ya no tener que estudiar nunca? Y si le contara, ¿cómo reaccionaría Humbertito? Humo sale de su boca y nada la hace más feliz que humo salga de su boca. Vuelve a mirar su reloj.

Delgado, inofensivo, calvo, con sus inconfundibles lentes de carey, ve al doctor Angulo caminando hacia la clínica a las dos menos diez. Tiene un maletín de cuero negro en una mano, en la otra un periódico doblado que acerca a la cara.

La primera vez que lo visitaron, su madre no pudo ocultar la sorpresa cuando ella aclaró que no era virgen. Luego, ya en casa, la interrogó durante al menos una hora. Andrea resistió los embistes. Eran su intimidad, sus decisiones, su vida, y ni ella ni nadie tenía derecho a inmiscuirse. Eso le dijo, eso le dijo una y otra vez. 'Estás hablando como una puta de la calle, como una ramera de mierda', le dijo su madre al final, antes de salir de su cuarto dando un portazo.

Andrea se levanta y cruza rápido la calle. Intercepta al doctor en la entrada de la clínica. Solo entonces, parada a su lado, se da cuenta de que no ha comido nada en todo el día y de que está más agotada de lo que creía.

'Andreíta, qué sorpresa', dice él.

Le da un beso en la mejilla, el beso que le daría si lo encontrara en su casa en alguna fiesta de sus padres. No solo es el doctor al que tiene enfrente, el viejo amigo de la familia también está ahí, ajustándose los lentes de carey.

'¿No deberías estar en el colegio?'

'Necesito hablar contigo.'

Ni siquiera está segura si lo ha tuteado alguna vez. Lo tutea ahora, lo va a seguir tuteando.

'Pasa, pasa. Tengo una paciente a las dos, pero hay tiempo.'

Se mete en la clínica y ella lo sigue. Mientras caminan le pregunta por sus padres. Andrea responde lo de siempre, que están bien y que es Nicole la que los extraña más, pero nada de lo que pueda decir suena convincente.

'Cómo les gusta vacacionar a esos dos', dice él.

En el consultorio lo ve ponerse la bata blanca que tiene colgada detrás de la puerta antes de lavarse y secarse las manos. Es un hombre meticuloso y parecería que lo hace todo en cámara lenta, como preguntándose por qué lo hace. Quizá solo intenta ganar tiempo ante una situación inusual.

Se sienta al otro lado del escritorio.

'Ahora sí. Cuéntame.'

Siguen varios segundos de un silencio con huesos rotos y el niño harapiento vendiendo chicles bajo la lluvia, con su madre y su padre besándose mientras empacan, con Humbertito riéndose fuerte de cualquier cosa.

'Estoy… embarazada', logra decir.

'¿Cómo dices, Andreíta?'

A ella le empieza a temblar el labio de arriba.

Le cuesta repetirlo pero lo hace.

Hay un nuevo silencio hasta que él habla al fin. 'Los test de orina a veces fallan', dice en voz baja. Son evidentes su incomodidad, su sorpresa.

'Me hice un examen de sangre', dice ella y busca el sobre en su mochila. No lo encuentra, por un momento se pregunta si no se lo ha imaginado todo. El sobre está al fondo, entre dos cuadernos. Se lo da.

Él revisa el informe tomándose su tiempo.

'Lo mejor es hacerte una ecografía, para cerciorarnos de qué está sucediendo', dice al fin. '¿Cuántas semanas de retraso tienes?'

'No estoy segura desde dónde contar.'

'¿Cuándo te tenía que bajar?'

'Hace unas seis o siete semanas, creo.'

'¿Y has hablado de esto…?'

'Con nadie', lo corta ella.

Su tono es tan tajante que él ya no insiste con preguntas adicionales. Lo que hace más bien es quitarse los lentes de carey, acercarlos a la boca para bañarlos con un poco de vapor y limpiarlos con su bata. Después llama a la secretaria para que prepare el ecógrafo. Al parecer la secretaria le notifica que su paciente de las dos ya está esperándolo. Él le pide que le avise que hay una pequeña demora.

'No quiero tenerlo', dice Andrea apenas cuelga. Son palabras que esta vez la sorprenden un poco a ella misma.

'Hagamos la ecografía', dice el doctor más serio esta vez. 'Andá al cuarto de al lado y ponte la bata. Mi ayudante vendrá a darte una mano.'

'No voy a tenerlo, no quiero', dice Andrea de nuevo con una convicción inesperada, rotunda. 'Necesito tu ayuda. Por eso estoy aquí.'

Desde que estuvo ahí mismo hubo una noche larga y varias horas imposibles. No sabía si Joan querría verlo más y hubo también preguntas dañinas. Pero al final de su clase lograron quedarse solos, y una sonrisa y unas cuantas palabras bastaron para que la incertidumbre y la inquietud se disolvieran. Ya no importan, ahora que Ladislao acaba de tocar la puerta de su apartamento.

Ella lleva puesta una polera negra sin mangas. Lo invita a pasar haciéndose a un lado con un gesto gracioso, teatral. Luego lo lleva directo a la cocina, que tiene bastante más luz que la sala. También está llena de plantas.

'Perfecto para el mate', dice cuando él le entrega las galletas de limón que acaba de comprar en el videoclub.

'¿Qué tipo de mate?'

'Hierba mate. ¿Se puede decir adicto? Me volví adicto… en Argentina.'

'¿Viviste allá?'

'Sí, en Buenos Aires, un semestre cuando estaba en universidad. La película de ayer me hizo mucho acuerdo de algunas cosas.'

'Pensé que el acento era porque habías tenido un profe argentino.'

'¿A ti te gusta?'

'Nunca he ido', dice Ladislao.

'No, digo el mate', dice ella y añade, imitando el tono argentino mientras hace un gesto ampuloso con la mano derecha, 'la yerba, boludo, la yerba.'

Se sientan a la mesa y Joan prepara el poro y lo llena hasta el tope con agua caliente del termo. Lo vacía a sorbitos, vuelve a llenarlo y se lo pasa. Julián y los otros deben estar preguntándose por qué mierdas no llega al ensayo. Antes de quedar con ella había prometido encontrarlos a las cinco para hablar sobre el video. El problema es que solo es posible estar en un lugar a la vez, y ese apartamento es el lugar en el que ahora mismo prefiere estar. En las horas imposibles de la espera pensó que nunca volvería.

'¿Entonces?'

'Rico. Me gusta.'

'Te dije. El más rico del mundo.'

'...'

'Tus padres qué hacen, si puedo preguntar.'

'Mi vieja labura en un banco. Y mi viejo', dice Ladislao mientras le quita el plástico a la cajita de galletas, 'mi viejo ya no está con nosotros. Se fue a tu país hace años. Ahora vive en Nueva York.'

'*Really*? ¿En la ciudad?'

'En New Rochelle. Queda como a media hora de Manhattan.'

Lo dice con cierto desdén aunque intente sonar casual. No le gusta hablar de su viejo, ni siquiera con sus amigos, ni siquiera con Julián. Se fue cuando Ladislao tenía menos de dos años y después solo hubo llamadas eventuales, además de los regalos que llegan cada tanto, como la cámara cuando cumplió quince. Pero incluso ese aparato tan decisivo es una constatación de la lejanía de su padre. Quizá siempre sea así, quizá los padres siempre están lejos, se dice a veces para defenderlo. Quizá eso es lo que les corresponde, la única manera que tienen de aferrarse a sí mismos, a lo que la paternidad amenaza con arrebatarles. No hay un vínculo directo, ni nueve meses de convivencia, ni dos corazones latiendo en un solo cuerpo. Para ellos los hijos deben ser una cosa extraña de la que tienen que hacerse cargo, una cosa extraña y llena de exigencias que atenta contra lo que han sido hasta entonces.

'La Costa Oeste es mejor. No solo por los paisajes y la gente, sino también por el tipo de vida. La Costa Este solo es trabajo y más trabajo. Todo impersonal, poco humano. En verdad la Costa Oeste también, pero menos. Aquí sí es otra cosa. Aquí la gente mira a los ojos', dice Joan mirándolo a los ojos.

'Supongo. Yo nunca me he movido ni medio centímetro, así que no sé.'

'…'

'¿Hay algo que extrañes mucho?'

'Mmm, tantas cosas. Las visitas a mi madre. Cuando yo era niña nos odiábamos, pero después que murió mi hermano todo cambió. Cada vez que visitaba podíamos quedar horas hablando. Vive en Seattle y la vida no fue bien por ella. Hace unos años perdió una ¿teta?… y luego otra, y también perdió su segundo esposo. Un hombre *ruthless* que se fue cuando apareció el cáncer. Ahora volvió a trabajar y eso la puso en paz.'

'La apaciguó.'

'Qué linda palabra.'

'Viene de paz.'

'Sí, claro. Eso la… apaciguó, mató su tristeza.'

'Lo siento que hayas perdido a un hermano.'

'Gracias. Está bien, fue hace mucho.'

Se ha ido a vivir a un país en el que no conoce a nadie, un país al que nada la ata. Le ha dado la espalda a su madre enferma y a su idioma, a todo lo que le era conocido, un poco como hizo su viejo. Si nada la obligaba a irse, ¿por qué lo hizo? ¿Y qué busca aquí o qué piensa que busca? ¿Y los ladridos en su clase, antes de que vieran la película que ella alquiló la tarde anterior y antes de que se quedaran solos en el curso y antes de que la incertidumbre y la inquietud se disolvieran, de dónde salieron? Empezó ella y la fueron siguiendo los demás, tímidos al principio, luego desbocados. Cuando ya todos ladraban parecía un ritual de exorcismo o devoción.

'Sin el trabajo mi madre no dura ni medio minuto. En el trabajo se distrae, deja de pensar. En el trabajo nos distraemos todos. Imagina cómo sería el mundo si nadie trabaja. Nos matamos unos a otros después de cuatro días.'

Joan se ríe tras decir esto. Tiene los dientes un poco chuecos y sus labios son delgados y parecen suaves. Sus hombros también.

'Pero si tengo que elegir una sola cosa que extraño, digo los atardeceres de San Francisco. Sé que suena *cheesy*, pero son los atardeceres más bellos del mundo. El cielo y el mar se vuelven igual, como una manta lleno de colores. Y muestran que eres chiquito. Que la vida es grande y el futuro lo mismo y que al lado de esas dos cosas tú eres diminuto.'

Ladislao se siente así todo el tiempo, quizá excepto cuando ve pelis que lo hacen pensar en las que él mismo quisiera hacer un día. El presentimiento de esas pelis lo engrandece, lo vuelve invencible.

'…'

'…'

'Traje un par de películas de Hitchcock. Justo de las que hizo en tu ciudad.'

Las alquiló a pesar de las quejas del viejo judío, que lo considera un director sobrevalorado del que solo pueden aprenderse una o dos cosas, una o dos cosas sobre el cine además, no sobre la vida.

'Mi límite diario ya se llenó', dice Joan. 'Pero es lindo que traes justo esto. Otro día vemos y te cuento sobre los lugares.'

Se quedan callados durante algunos minutos, mientras ella hierve más agua y la pone en el termo. Es un silencio amable, necesario casi. Lo quebranta ella diciendo que el mate es quizá su sabor favorito, y que los únicos otros que podrían competir son el mango y el helado de menta con pedacitos de chocolate. Él responde que prefiere la sandía, pero solo si no ha estado en el refri.

El inventario de sí mismos que empieza con esas minucias ya no para. Ambos prefieren lo dulce a lo salado, a ambos les da flojera comer. En sus sueños él no siempre es él mismo, en sus sueños ella siempre sí. Tres momentos que definieron la vida de Joan, a la que le gusta pensar todo de a tres, fueron la muerte de su hermano y la de su padre, y la huida de un muchachito al que amó como desquiciada en la universidad. La vida de él ha estado exenta de tragedia hasta ahora, aunque la huida de su padre sin duda sería uno de esos momentos de los que ella habla, solo que Ladislao era muy chico cuando sucedió. Por eso a su padre no lo guarda en ni un solo recuerdo. Los recuerdos en los que ella guarda al suyo son todos gratos: un hombre flaco y barbón empujándola en el columpio del jardín o llevándolos al colegio a ella y a su hermano en su jeep anaranjado o haciendo una fogata en medio de un bosque que tal vez Joan se imaginó de grande. La primera vez que ella se emborrachó fue a los trece, con su hermano. La primera vez que él se emborrachó fue a los catorce, con Julián. La primera vez que ella fumó marihuana fue también a los trece, con su hermano. La primera vez que él fumó marihuana fue el día anterior, con la nueva profe de inglés ('¿Por qué no dijiste nada, Ladislao?', dice Joan y no para de reír y la piel de sus brazos parece erizarse y su cuerpo tiembla). Ella a veces se siente hombre, él nunca se siente mujer pero un par de veces se probó la ropa de su mamá para intentar saber cómo se sentiría ser mujer. La persona que más admira ella es su madre. La que más admira él no está seguro quién es, pero sí tiene muchos ídolos. Ella piensa que no es bueno tenerlos, que despiertan en la gente falsas expectativas de lo que pueden o no pueden lograr ellos mismos ('Hacen que te compares todo el tiempo y comparar es dañino', dice). Si pudiera Joan volvería a 1989, un año antes de que su hermano muera y de que se vaya el muchachito ese al que Ladislao le hace tanto recuerdo, sobre todo en su forma de sonreír y de mover las manos. Él no siente nostalgia por ningún año pero la primera mitad de los suyos está borrada, así que no tiene mucho de dónde elegir.

Pasan las próximas horas hablando de esas cosas y viendo el noticiero mientras se preparan sándwiches de queso y palta. Luego fuman el segundo porro de la bolsita y toman más mate, hasta que anochece y ya nada se ve bien en la cocina. Como si lo hubiera hecho muchas veces antes, en algún momento Joan le agarra la cara con las dos manos y lo besa en la boca.

Cuando se desprenden lo mira nada más.

Parece que espera una respuesta.

'Ese beso no ha sucedido', dice él.

Quería sonar ocurrente pero la broma ya se ha desgastado.

'Ven', dice ella y lo vuelve a besar.

Mientras camina de regreso a casa, Ladislao ve en la América a unos veinte perros trotando alrededor de una perra en celo, a la que uno de ellos monta en ese momento. Saca su cámara de la mochila, la enciende y se pone a filmar. ¿Quizá algo así serviría más para el video que cualquiera de las ideas en las que viene pensando hace días? ¿Tres minutos de jauría mientras suena de fondo la canción del grupo de Julián? ¿La vida y su caos y no una idea fabricada, lo verdadero y no la sombra o la simulación de lo verdadero?

Su mamá está preparando una ensalada de frutas en la cocina.

La saluda con un beso.

'¿Y ese olor? ¿A ver?'

Ella tiene un olfato sensible y los olores siempre le interesan.

'Debe ser el mate', dice Ladislao y se aparta, preocupado de que su mamá reconozca el olor de la marihuana, aunque es posible que ella no conozca ese olor, por lo que reconocerlo sería imposible.

'Sí, claro, es eso. Hierba mate, ¿no?'

La ve poner la fruta cortada en un recipiente azul.

'Te llamó Julián cuarenta veces. Dijo no sé qué de una reunión.'

'…'

'¿Dónde andabas?'

'Haciendo un trabajo para biolo… en la casa del Enano.'

'Dejen de decirle así al pobre. Lo van a traumar.'

'¿Tú qué tal?'

'Bien.'

'Pareces cansada.'

'Ya estoy por terminar esto. ¿Quieres?'

Su mamá tiene treinta y nueve años, apenas siete más que Joan. No se ha quitado la ropa del banco y desde hace unos meses lleva el cabello corto y se le nota en la cara el día largo. Mientras les sirve, él deja su mochila a un lado y bota el corazón de las manzanas y las cáscaras de los plátanos y las naranjas.

Van juntos a la sala a comer sus ensaladas ahí. La tele está encendida y un panel de comentaristas habla sobre Bill Clinton, que acaba de prohibir cualquier tipo de fondos destinados a investigar la clonación humana. Es una respuesta al revuelo que viene causando la clonación de la oveja Dolly.

'Con el Enano hicimos el trabajo sobre esto mismo', dice Ladislao.

Se enteró de lo que venía sucediendo en el apartamento de Joan, mientras se preparaban los sándwiches con el noticiero de fondo. Al decirlo no puede dejar de pensar en los besos que se dieron. ¿A cuántos habrá besado antes para besar así? ¿A cuántos habrá amado? ¿Y dónde estarán ahora? Le contó de uno nada más, el que según ella le había robado lo mejor de sí, el que después hizo tanto daño yéndose, ese al que él le hace recuerdo. Luego siguieron años de locura y desenfreno y vacío, pero de esos años no quiso decir mucho.

'Pobre Dolly, todos hablando de ella. En el banco igual.'

'A mí me inquieta un poco en verdad.'

'¿Qué?'

'Que unos científicos hayan podido fabricar un animal.'

'Bueno, lo que se dice fabricarla, no la han fabricado, ¿no?'

'Sí, no de cero. Pero igual.'

'Parece que no eres el único inquieto', dice su mamá señalando hacia Bill Clinton, al que muestran en una conferencia de prensa. 'Churro, ¿no?'

'Más o menos.'

'Churrísimo, celosito.'

Apenas terminan de comer, Ladislao lleva los pocillos a la cocina y los lava junto al cuchillo y los platos que su mamá ha usado para cortar la fruta. Todo se siente diferente y le gusta que así sea y ya quiere estar en el día siguiente. ¿Dejarse ir es la mejor decisión posible o la peor, la que lo llevará a la cima o al fondo? Los labios de Joan y sus ojos abiertos mientras lo besaba. Su polera sin mangas, sus tetas sin sostén. El tipo que se fue y el hermano muerto. Los meses en Buenos Aires, el trabajo eventual en Cocha. Su experiencia, su ligereza incomprensible, su marihuana y sus plantas y su mate. Todo eso que no sería ni remotamente posible con ninguna de sus compañeras, todo eso que ahora sí lo está adentrando de un día al otro en la tierra salvaje de los adultos.

Recoge su mochila y vuelve a la sala.

Su mamá está dormitando sentada.

'Andá a la cama, ma.'

'Ya voy, amor.'

'Te estás durmiendo, andá de una vez.'

'Sí, no te preocupes. Ven, dame un beso.'

Él se agacha y la besa y ella aprovecha para abrazarlo.

'Te ayudo, ven', insiste él unos segundos después.

'Ya voy', dice su mamá, pero no se mueve.

Ladislao se echa sobre su cama sin siquiera quitarse los zapatos, preguntándose si debería devolverle la llamada a Julián. Son casi las diez y le da vergüenza que contesten su vieja o su viejo.

Mientras decide se queda dormido.

Encuentra a Humbertito sentado en el sofá de la sala. Tiene las piernas cruzadas y, como suele hacer, sacude nerviosamente la de encima. Andrea no se sorprende de verlo en su casa, la vagoneta parqueada en la calle la ha alertado.

'Gata', dice él y se levanta a abrazarla. Es alto y fornido y mueve su cuerpo como si recién estuviera aprendiendo a usarlo. 'Me tenías preocupado.'

Esquivándolo, esquivando su abrazo, se mete en la cocina. Saca del refrigerador una botella de Coca y se sirve un vaso que vacía de un sorbo. Al otro lado de la ventana, cerca de la piscina, Rigo intenta desenredar la manguera. Fue ella quien crio a su madre y también a Andrea y a Nicole. Hace años dejó de usar uniforme y su pollera ampulosa y el pasto demasiado crecido dificultan la labor.

Humbertito aparece detrás, le acaricia el cabello.

'Oye, ¿no me vas a saludar?'

'Hola, Hum.'

Intenta besarla pero Andrea lo evita.

Se sirve otro vaso de Coca y le sirve uno a él. Sin urgencia, Rigo sigue luchando con la manguera mientras canturrea una canción.

'¿Cómo andas?'

'Todo bien.'

'Nunca llegaste, y llamé a tu casa en el recreo, y…'

'¿Qué tal estuvo?'

'¿El cole?'

'Sí.'

'Igual que siempre.'

'¿No me perdí de nada entonces?'

'A la de Mate se le salió un pedo en media clase, eso es lo único', dice Humbertito antes de imitar el sonido. A pesar de que intenta ser ligero, y de que se ha preocupado por ella, no puede dejar de pensarlo como el enemigo, un enemigo que no sabe que lo es. Debería ser más difícil hacer hijos. El mundo es una porquería porque es demasiado fácil hacerlos, porque el placer y la necesidad engañan. 'No se aguantó la cojuda. Ahí, enfrente de todos.'

'Pobre.'

'Estaba tan avergonzada que no dijo nada. Siguió explicando algo en la pizarra, dándonos la espalda no sé cuánto rato, y terminó la clase como media hora antes. Tenía los ojos llorosos.'

'…'

'Es lo que le pasa por vaca.'

'¿Te abrió la Nicole?'

'No, la Rigo. Tu hermana tenía entrenamiento.'

Lo dice y vuelve a acariciarle los hombros. Ella lo deja hasta que él intenta besarla. No puede aunque quiera, ahora no.

La charla en el consultorio del doctor Angulo fue horrible y todavía no sabe de dónde salió tanta convicción, pero no dio marcha atrás. Porque es imposible o casi imposible imaginarse de madre, y porque es imposible o casi imposible imaginar a Humbertito de padre, y porque todavía no hay nada aunque su sangre diga que sí. No hay nada y es necesario deshacerse de esa nada, seguir viviendo. 'Voy a hacerlo con o sin tu ayuda, es lo único que sé, que si tú no me ayudas voy a buscar ayuda en otra parte', le dijo al doctor. Él había insistido que era una decisión importante y que no debía apresurarse. 'Todavía estamos en la fase embrionaria y podemos esperar hasta que lleguen tus papis sin que tu salud corra ningún riesgo', dijo también. Al final, ante la intransigencia de ella, decidieron que lo pensaría durante la semana. Si en esos cinco días no cambiaba de idea él la ayudaría el sábado, cuando no hubiera nadie en la clínica.

'Te siento rara', dice Humbertito ahora, evidenciando su talento para la obviedad. Como todas esas veces que señala que el tráfico se ha puesto feo, que hace un calor insoportable o que un examen estaba difícil.

'Creo que ando un poco enferma.'

'¿Por?'

'No sé. Nada.'

'¿Te está bajando?'

'Me está por bajar.'

'Quizá sea eso.'

'Sí.'

'Pero no entiendo por qué estás con uniforme.'

'Me sentí mal de ida al cole y decidí volver. Y después me quedé dormida sin cambiarme, sobre la cama.'

'Y ahora…'

'Fui a la farmacia.'

Se siente como un interrogatorio porque lo es. Pero Andrea va dos pasos por delante y responde sin angustiarse ni dudar.

Después de unos minutos de acariciarla y querer besarla, él se queda dormido sobre la cama.

Algunos de los muebles llevan años en el mismo lugar, desde que Andrea era niña. Se ha acostumbrado tanto que ya ni los ve. El barniz rosado de los veladores y el tocador le resulta de pronto perturbador. Se acuerda del día que los armaron. Uno de los carpinteros había perdido un brazo y ella no podía dejar de mirarlo. Su padre insistía que fuera a jugar al jardín, que él le avisaría apenas terminaran. En esa época pasaba más tiempo en casa. Le cuesta pensarlo sin barriga, pero todavía no le había crecido. A la concesionaria ya le iba bien y había logrado que funcionara sin necesidad de estar presente todo el tiempo. Ahora tiene dos concesionarias más y lo mismo, aunque en lugar de volver a casa se la pasa con sus amigos y su amante o viajando por el mundo.

Son las cinco de la tarde y Andrea todavía no ha comido nada. Siente retortijones en el estómago y no les hace caso. ¿El doctor Angulo intentará contactar a sus padres, a pesar de haberle prometido que no lo haría? ¿Fue buena idea ir donde él? ¿Más bien debería contarle a Rigo y que ella le prepare algo que la ayude a botar lo que sea que tiene dentro? ¿O debería pedirle una mano a Nicole para el sábado? ¿Su hermana sabría guardar un secreto de esa magnitud? La otra alternativa sería esperar hasta el próximo fin de semana, cuando llegue Laura de visita. En ese caso tendría que decirles a los del curso que se busquen otro lugar para la fiesta de bienvenida que piensan organizar en su casa.

Humbertito se pone a respirar fuerte en medio de su sueño. Huele a sudor y a pasto, y la abraza de dormido. Mejor hacerlo el sábado y no arruinarle el plan a nadie, se dice Andrea. Mejor hacerlo de una vez, aunque el doctor insista que no hay apuro y que pueden esperar dos o tres semanas sin poner en riesgo su salud. Durante esas semanas sería una mujer embarazada que duda sobre su embarazo, una madre en potencia. Lo es ahora aunque todo se sienta igual. ¿En dos o tres semanas sí habría diferencia?

Piensa en Laura, en cómo se verá ahora. No sabían existir por separado y eso era lindo. Al principio mantuvieron contacto. Luego lo fueron perdiendo pero ni siquiera entonces la reemplazó, y hace unos días reconoció su voz de inmediato cuando la llamó por teléfono. En más de un momento fue como hablar con una extraña, sobre todo por su nuevo acento camba. A pesar de eso se entendieron igual de bien y Andrea le insistió que viniera en Semana Santa apenas su amiga la puso al tanto de su historia con el abogado.

Quizá debería llamarla para saber si ya está mejor (el día que hablaron no paraba de llorar), o para contarle sobre su propia situación y preguntarle qué haría ella en su lugar. Quizá debería intentar averiguar cómo hacen las demás cuando les pasa, pero no sabe dónde ni cómo averiguar algo así. ¿Laura sí sabrá? ¿Y Humbertito? ¿Debería contarle aunque se haya prometido no hacerlo? ¿Por qué asume que no estaría de su lado, que él querría casarse y conservar al bebé? ¿Debería tantearlo al menos?

Sus manos la despiertan no sabe cuánto tiempo después. Una está entre dos botones de su camisa, apretándole el pezón izquierdo debajo del sostén. La otra se restriega contra su vagina, sobre la falda. Humbertito debe creer que eso le da placer. Lo aparta y se voltea pero entonces él empieza a acariciarle las nalgas.

'No, Hum', dice, 'no quiero ahora.'

Él, sin embargo, no se detiene mientras le dice que la ama como estúpido, que hoy se ha dado más cuenta que nunca, que andaba enloquecido de preocupación en el cole, pensando mil cosas, y que ahora mismo acababa de tener un sueño hermoso con ella. Mientras dice todas esas cosas logra bajarle el calzón hasta las rodillas antes de montarse encima. Andrea no está excitada y la fricción le produce ardor. No mucho después lo siente terminar.

Se imagina mordiéndole la cara, diciéndole que no lo ama, que no lo ama ni un poquito, que ya nunca lo va a amar. Se imagina reventándole la cabeza con una de sus sillas rosadas. Pero lo único que hace es quedarse quieta.

'Qué deli, gata', dice él.

Luego lo escucha acomodarse la ropa y anunciar que se juntará con Mario para ir al estadio. Le da varios besos en la nuca y el cuello. Ella permanece quieta, con la cara oculta en la almohada, asqueada de sí misma, y no responde.

Recién a las nueve baja a la cocina a buscar comida. Pensaba que ya no estaría pero Rigo sigue ahí, tejiendo una chompa azul mientras ve tele en blanco y negro en ese aparato viejísimo que está sobre el mostrador.

'Mamita, no sabía que estabas en la casa.'

'Estaba en mi cuarto, Rigo.'

'¿Te lo preparo algo?'

'No, gracias', dice Andrea mientras abre el refrigerador. La brisa helada le acaricia la cara y no hay tantas cosas dentro. Se queda mirando hacia ellas antes de sacar la mermelada y la mantequilla. Luego busca una marraqueta de la panera que está encima del refrigerador. La destreza de Rigo con los palillos siempre la ha impresionado, ni siquiera necesita mirar hacia ellos para seguir avanzando.

'Ese es un vendido', dice la anciana de un dirigente sindical al que entrevistan en la tele. Sigue tejiendo mientras habla, es como si sus manos tuvieran vida propia. 'Pero su cabeza ya va a caer cualquier rato.'

Andrea devora su sándwich sin decir nada. Es lo primero que come en todo el día, hace años no sentía tanta hambre.

Apenas lo termina se hace uno más.

'Ladi, carajo, nos fallaste jodido ayer', se queja Julián en el primer recreo. Ambos se han comprado sándwiches de huevo y están sentados en el patio de atrás, a un costado de la cancha de fútbol.

Julián es su mejor amigo desde que llegó al colegio hace tres años. Se cayeron bien de inmediato, y luego los unió aún más su pasión por el grunge y por todo lo que significaba para ellos: el desorden y la suciedad en lugar del glamour de tantos rockeros ochenteros, no el virtuosismo idiota sino lo simple y contundente, la vida como es y no como algunos creen que debería ser. Los ojos grandes y oscuros de Julián, y la barba que ya casi tiene, hacen que se le note su ascendencia árabe. Pero quizá lo que más llama la atención en él es el aire melancólico. Cada tanto se hunde en un pozo imaginario y tarda días en salir.

A Ladislao lo sorprende el tono de su amigo, esperaba una reprimenda más severa. Por alguna razón que desconoce, todavía no le ha contado nada de lo que ha pasado con Joan esos últimos días. En los momentos en los que estuvo a punto de decir algo se le ocurrió que hacerlo quizá estropee lo que hay, esa otra Joan secreta que es igual de posible que la profesora.

'Mi vieja me ha tenido cagado con encargos.'

'Igual no te has perdido de mucho', dice Julián y se embute en la boca lo que queda de su sándwich. 'El ensayo de ayer estuvo una reverenda mierda.'

'Qué ondas.'

'No sé. Parece que nos hemos estancado, no pasa naranjas. Y el Juancho no ayuda. Siempre propone lo mismo, se está volviendo un batero predecible.'

'Deberías decirle algo.'

'Quizá no funciona y ya. Y quizá deberíamos olvidarnos del video.'

'Al fin me estoy acercando a algo', dice Ladislao. 'Tengo dos ideas buenas, tres en realidad, aunque en la tercera solo habría perros, una jauría enorme. Eso nada más se vería. Hice pruebas ayer, te las muestro si quieres.'

¿Su amigo está cayendo en una nueva depresión? ¿Él también tiene secretos? ¿En lugar de fortalecerlo lo debilitan?

'No sé, Ladi. En serio ya no sé.'

'…'

'…'

'Oye, ¿todo bien? Digo, aparte del ensayo.'

'Parece que la Luisa está saliendo con alguien. La han visto dando vueltas.'

Es una noticia imprevista. Explica el aire derrotado de su amigo, su desinterés por las ideas para el video.

'¿Quién la ha visto?'

'Robinson y Andrade. En el Prado, ayer.'

'…'

'Se pasaron horas vuelteando.'

'Eso no significa nada, Julico.'

'Es un cojudo que se está por graduar de la U, un viejo de mierda. Me emputa que no se meta con las de su edad.'

'…'

'Y me jode que ella no me haya contado. Eso es lo que más me jode.'

'Sabes que en dos segundos dejaría de verlo si dices algo.'

'No sé si quiero.'

'…'

'Quiero y no quiero.'

'Yo creo que sobre todo no quieres. Si no ya le hubieras dado.'

Ladislao no recuerda haber visto nunca así de abatido a su amigo. A pesar de eso, el asunto le resulta un poco infantil. Es un amor sin un apartamento para ellos solos y sin besos la segunda tarde juntos, un amor sin horas que no se quieren ir entre un encuentro y el siguiente. Ahora, por ejemplo, faltan más de nueve hasta su salida con Joan, lo que equivale a más de quinientos minutos, que equivalen a su vez a más de treinta mil segundos. Al menos treinta mil segundos hasta volver a verla.

'Preguntale qué ondas.'

'Para qué.'

'Para saber.'

'Y eso de qué serviría.'

'Te tranquilizaría, ¿no?'

'Quizá mejor hacerme al cojudo y dejarla en paz.'

Suena el timbre pero ninguno se mueve. Tampoco dicen nada ya, como si el timbre hubiera anunciado un toque de queda riguroso.

No mucho después se les acerca el guardia del colegio, al que solo ven cuando está parado a su lado. Es bajito y moreno y tiene el cuerpo fornido. Según dicen, pelea por plata los fines de semana.

'Ya pues, changos.'

'Hola, Manson', dice Julián.

'¿Ha sonado el timbre?', dice Ladislao.

'Me van a hacer reñir a mí más', dice el guardia. 'Vayan yendo de una vez.'

Piden disculpas al entrar y Ladislao explica que Julián se ha mareado, que estaba ayudándolo a reaccionar. El profesor sigue dando su clase como si nada. No habla de la oveja Dolly, ni de las posibilidades científicas de la clonación, ni de lo que podría surgir a partir de ahora. Habla de células y moléculas. Las abstrae, las desvincula de la vida y de la muerte. Pero la vida y la muerte son lo único que importa, piensa Ladislao, y de eso y nada más de eso deberían estar hablando. De la vida y la muerte y de las transformaciones que suceden en medio, y del deseo y el amor y lo que hacen en sus cuerpos, y de las reacciones químicas que desencadena la risa de la mujer que amas y de las reacciones químicas que desencadena la risa de la mujer que amas cuando la provoca otro. Si no son perros o piedras qué son. De eso deberían estar hablando, de lo que los distingue de los perros y las piedras, y de lo que dice la ciencia sobre su destino.

Son veinte en el curso, contando a los que se han ido de intercambio a mediados del año pasado. ¿Cuántos terminarán carcomidos por algún cáncer? Y lo de la oveja Dolly, más allá de los esfuerzos por evitarlo, ¿desembocará en la clonación de órganos con los que podrán sustituir aquellos que dejen de funcionar? ¿Habrá una especie de tienda de repuestos humanos? ¿Ayudarían a alargar la vida, a alargarla de forma considerable? Porque es obvio que la vida es una cosa y los cuerpos otra, piensa Ladislao. Aunque les cambien todo, aunque cada diez años les pongan un nuevo corazón y unos nuevos pulmones, la vida igual se irá siempre antes de los cien. Eso es lo máximo que logran tolerar los humanos, lo máximo que lograrían tolerar incluso si reacondicionaran sus cuerpos cada cierto tiempo. Es otra cosa la que se cansa de tanto desorden y tanta belleza, es otra cosa la que se muere, la que se quiere morir.

Julián toma notas en su cuaderno. Deben ser letras sueltas a las que luego pondrá música. O una carta de amor a Luisa, una carta de amor en la que sin embargo el amor no se nombra, una carta llena de reproches y dudas que es una carta de amor. Pero Ladislao no sabe si Julián ama a Luisa, que en ese momento escucha atentamente al profesor o que hace como si lo escuchara. Julián tampoco parece saberlo. Quizá a veces no sea posible saber.

El bar es diminuto y está lleno de gente vieja. La mayoría son extranjeros, así que no corren peligro de ser reconocidos.

Se han quedado mirando al profeta que va mesa por mesa. Está sin polera y tiene el cuerpo medio raquítico y una barba larguísima y blanca. Ya se les ha acercado antes. Vende artesanías y Ladislao le ha comprado un anillo de cuero a Joan y ella le ha comprado a él un collar de semillas y bambú. Para Ladislao los lugares se han vuelto pura escenografía y todos ahora, excepto Joan, son actores y actrices secundarios. Pero la película de su vida tiene demasiadas esperas. ¿Con los años cobrará otro ritmo? ¿El drama indie de bajo presupuesto se volverá un thriller alguna vez? ¿Se volverá una comedia? ¿Un policial? El profeta les ha contado que lo guía la bondad de las estrellas y que solo come una vez al día y que a esa dieta le debe su salud de hierro. Les ha dicho también que lleva once meses recorriendo Latinoamérica a pie, financiando el viaje con sus artesanías.

'¿Qué dijiste a tu madre?', pregunta Joan de pronto.

'Que iba a un concierto.'

'¿De quién?'

'Pearl Jam. Están tocando ahorita en un bar aquí cerca.'

Ella sonríe.

'¿Te gusta Pearl Jam?'

'Daría un huevo por verlos. Y daría los dos por haber visto a Nirvana. Al grupo de Julián les salen idénticas algunas de sus canciones.'

'¿Quieres morir de envidia?'

'¿Los viste?'

'Sí, a los dos. Hace años, en un festival, cuando el grunge se puso de moda. Pero a mí no me gustaba esa música. Fui por mi chico, yo no quería estar ahí.'

'Qué injusta pinche vida', dice Ladislao.

'¿Julián tiene grupo?'

'Les voy a hacer un video.'

'¿Un video de música?'

'Sí. ¿Tú has actuado alguna vez?'

'¿Me quieres volver tu estrella? ¿Tu… *muse*? *Is that what you want*? Lo último que quiero es ponerme delante de una cámara.'

'Entonces somos iguales.'

'¿De qué es el video?'

'Todavía ando dándole vueltas. Tenía una idea de ellos buscando desesperados su cuarto de ensayo, que se les ha olvidado dónde queda. Me gustaba antes pero ya no. Ahora me parece ingenuo y poco creíble.'

'A mí me parece lindo. Y así muestras Cochabamba también.'

'He encontrado una idea que me entusiasma más.'

'¿Qué es?'

'También se vería la ciudad, pero ellos no son los personajes, sino una chica. No es de aquí y necesita conseguir plata para irse. Primero la vemos en una plaza con un cartel que dice "Me alquilo para lo que sea". La gente la mira y algunos se empiezan a acercar. Después la vemos haciendo un montón de cosas.'

'…'

'¿Qué? ¿No te gusta?'

'¿Quieres hacer un video sobre una chica que hace muchas cosas para otros? ¿Un video sobre eso nada más?'

'Está desesperada. No es su ciudad y necesita irse pero para irse necesita plata. Son cosas extrañas las que hace, cosas inusuales. Nada denigrante.'

Joan frunce la boca en un gesto evidente de reproche.

'¿Por qué chica? ¿Por qué no chico?'

'No sé. Así me lo imaginé.'

'Bueno, tienes que tener cuidado con qué imaginas.'

'…'

'Para que no insistes en cómo debemos ser las mujeres, en cómo parece que somos en la cabeza de los hombres. ¿Porque sabes cuál es el problema?'

'…'

'El problema es que las mujeres no nos parecemos a eso, y los hombres nos odian por no parecer. Quieren que somos de una manera y no somos, y cuando se dan cuenta se decepcionan y nos odian.'

'La idea es que sea algo juguetón, medio poético.'

'Exacto. La poesía hizo esto mismo durante siglos.'

'…'

'¿Por qué tiene que ser chica?'

'No entiendo por qué no.'

'A ver, ¿qué cosas hace?'

'Es lo que estoy intentando decidir. Les rasca la espalda a unos ancianos, atrapa una mosca que nadie más puede atrapar. Al final oye al grupo de Julián.'

'…'

'¿Es lo que dices?'

'¿Por qué no ayuda a resolver un ejercicio de álgebra a unos estudiantes?'

'Mientras más físico mejor. Para que se vea en la cámara.'

'Los ayuda en una pizarra. O arma un gran motor.'

'No sé dónde podríamos conseguir un gran motor.'

'Está bien pensar en esas cosas. Así piensan los cineastas, ¿no?'

'Así piensan los cineastas pobres.'

'Bueno, también tienen que pensar en otras cosas. En

cómo representan a las mujeres y en las consecuencias que
eso… ¿se puede decir *genera*?'

'Sí.'

'En las consecuencias y en las… expectativas… que eso
genera.'

'…'

'A mí me gusta más la primera idea.'

'A mí no.'

Cada una de las mesas del bar tiene encima una lámpara tenue y el humo que impregna el lugar se hace visible
bajo ellas. Los otros juegan cartas o cacho, o se cuentan
chistes y estallan en risotadas recurrentes. Ya todos se ven
y se oyen un poco borrachos.

Quizá Joan tiene razón y es una idea pésima. Y quizá no
esté preparado todavía para meterle en serio al video. Ya ha
hecho otros de ellos tocando nada más, el desafío esta vez
era contar una historia y trabajar con actores. Por eso le
gusta más la segunda idea que la primera. Julián todavía no
ha querido discutir el asunto. Es posible que se decepcione
también. ¿Lo de la jauría sería una mejor opción? ¿O igual
es medio machista si lo único que quieren los perros es
cogerse a la perra que persiguen?

Joan sorbe de su cerveza y lo mira. De fondo suena una
canción en la que el cantante dice que hay una grieta en
todo y que es por ahí por donde se filtra la luz. Ladislao
nunca antes había estado en un bar. Le gusta el ambiente
relajado, la sensación de que nada importa, y lo hace feliz
que Joan se haya animado a salir de su apartamento. A pesar
de eso siente una ráfaga de tristeza.

'¿Te enojas conmigo?'

'No.'

'No te enojas, Ladislao.'

Ella acerca su silla y le delinea la boca con la punta de
un dedo.

No es hermosa pero es la más hermosa de todas, al menos a ratos. Y su piel le gusta y su cuerpo menudo y sus manos. Pero es su profesora y no deberían tocarse en público.

'Tienes boca linda.'

'Tú tienes linda nariz.'

'Una vez, hace tiempo, salía mucha agua por ahí', dice Joan y le cuenta de cuando estuvo a punto de ahogarse en la piscina de su colegio. Había decenas de estudiantes alrededor pero creían que bromeaba, así que tardaron en reaccionar. Eso la traumatizó de por vida y ya ninguna de las clases de natación que tomó después sirvieron de mucho. Él también tomó varias clases que no fueron útiles, y tampoco quiere aprender a manejar. Ella nunca intentó, porque prefiere caminar pero también porque detesta los autos desde el accidente de su hermano. A veces no sabe si los recuerdos en los que lo guarda son verdaderos o falsos, si los recuerdos en general son verdaderos o falsos. '¿Cuáles son tus tres ciudades favoritas del mundo?', aprovecha para preguntarle él, dándose cuenta de que de nuevo están inventariándose a sí mismos. 'San Francisco, Buenos Aires y… no estoy seguro qué más', dice ella. '¿Los tuyos?' 'Yo nunca me he movido de aquí', dice él. 'Entonces tus tres ciudades favoritas donde no estuviste', dice ella. 'San Francisco, Buenos Aires y… no estoy seguro', dice él. 'Los *copycats* son prohibidos en el bar Metrópolis', dice ella.

A las tres de la mañana son los únicos que siguen ahí. El mesero se acerca a pedirles que paguen la cuenta y les dice que ya van a cerrar.

Deambulan por el centro, riéndose de todo. En el trayecto no se cruzan con nadie y la plaza Colón está desierta cuando llegan. Cochabamba no es San Francisco ni Buenos

Aires ni ningún otro sitio lleno de gente a todas horas, pero Ladislao la está viendo de forma diferente en compañía de Joan. La ciudad empieza a transformarse como se ha transformado ella antes.

Se quita los zapatos y las medias y la demás ropa, todo menos el calzoncillo, y sin decirle nada se mete en la fuente. Es agua sucia y no importa. Ella lo mira incrédula y divertida, sobre todo cuando él se pone de cuatro patas y ladra varias veces. Joan responde con ladridos más fuertes mientras se va quitando todo menos el calzón y el sostén, que son negros y parecen viejos. Se mete también y lo abraza y sus cuerpos tiemblan. Son cuerpos que están vivos en una ciudad que después de todo quizá no esté tan muerta, aunque no haya nadie más en la plaza, ni siquiera vagabundos o cleferos o ladrones. Segundos después se sacuden el agua y se secan con su ropa y se vuelven a vestir.

'Me hizo muy bien esta ducha', dice ella. '¿Ahora hacia allí o hacia allá?'

Es su profesora pero ya nunca va a ser solo eso, no después de verla así, casi desnuda y mojada y borracha en medio de la noche.

'Hacia allá', dice Ladislao.

'¿Qué hay hacia allá?'

'Casas y calles… y un puente.'

'¿Qué más?'

'Un videoclub.'

'¿Qué más?'

'Tu apartamento.'

'¿Qué más?'

'El futuro.'

'El futuro no', dice ella. 'El futuro es hacia el otro lado… y yo no quiero ir.'

'Yo tampoco', dice él.

Pero claro que sí quiere y lo dice solo por decir.

2

Houston

No nos vemos hace veintiún años exactos y esto es lo que me dice la que llamo Andrea apenas elegimos una mesa, apenas nos sentamos frente a frente, apenas enciende un cigarrillo: Puedes preguntarme lo que quieras, sobre mí o sobre quien sea. Me dice: No soy detective pero casi, no soy hacker pero conozco tanto como cualquier hacker, no he mantenido contacto con ninguno del curso pero hay poco que no sepa. Incluso lo más íntimo, lo que más te serviría para tu novela. Me dice: Durante años estuve obsesionada con ellos, con nosotros, con lo que pasó ese marzo asqueroso.

Houston está inusualmente fría pero la que llamo Andrea acaba de llegar de Nueva York y esto no se compara con el clima que hace allá. Es martes y son las cuatro y diez de la tarde y estamos solos en el patio de Poison Girl, mi bar preferido en esta ciudad en la que vivo hace cuatro años. Los veintiuno de no vernos merodean a nuestro alrededor como una manada de animales dopados. Ambos pesamos al menos veinte kilos más que en esa época pero en ella son más visibles porque no es alta. Yo he perdido cabello y ahora tengo la barba tupida y arrugas debajo de los ojos, lo que en suma acentúa mi apariencia árabe. A ella se le ha oscurecido el cabello y no se ha quitado sus lentes oscuros desde que nos encontramos hace unos quince minutos en la esquina de Westheimer y Dunlavy, cerca de aquí. Nunca fue muy sonriente pero ahora es decididamente seria. Tiene la seriedad de los que han sufrido, de los que no saben irse de su dolor, de los que no creían merecerlo.

Hace un par de meses publiqué en una revista chilena un adelanto de la novela que estoy escribiendo. Eran las primeras páginas en las que aparece, esas en las que se entera de que está embarazada y da vueltas en su auto mientras decide qué hacer. Semanas después, salida de la nada, me llamó. No estaba inquieta ni molesta pero quería saber más sobre la novela y sobre mí. Tras dos o tres conversaciones telefónicas en las que nos pusimos al día, ofrecí enviarle lo que llevaba escrito, algo que rechazó al principio y que luego terminó aceptando. A la semana volvió a llamar para decirme que acababa de comprarse un pasaje a Houston. Prefería que discutiéramos el asunto en persona pero además nunca había visitado la ciudad y verme sería una buena excusa para hacerlo.

Ahora fuma al otro lado de la mesa. Todavía somos extraños, a pesar de las llamadas y de haber compartido la época más confusa y decisiva. Veintiún años o cien o mil, da lo mismo: todo lo que entra en el pasado se vuelve irreal, una mentira en la que algunos coinciden a veces. Esos de allá lejos se parecen poco a estos de aquí. Esos de allá lejos jamás hubieran imaginado a estos de aquí.

La que llamo Andrea le da una última billa a su cigarrillo y lo apaga contra el fierro forjado de la mesa. No es Cochabamba lo que tenemos alrededor y nosotros ya somos casi cuarentones, la edad en la que la mayoría mira hacia atrás y descubre que pudo haberlo hecho mejor, que el juego iba en serio. Nos sucede al menos a los que no tenemos hijos, a los que nos empeñamos en seguir siendo hijos nada más.

Me dice: Me alegra que te hayas animado a escribir sobre todo eso. En lo que me toca, no me importa que la gente se entere, si es que no se han enterado ya, lo que en verdad es bastante improbable. Me dice: Durante años solo tuve rabia, una rabia enorme que sentía incluso físicamente y a la que le atribuía todo lo malo en mi vida. Odiaba lo que pasó, odiaba el colegio, odiaba Cocha y Bolivia. Me dice: Desde que nos vinimos no he vuelto ni una sola vez, y ya no creo que vuelva, no me interesa desperdiciar un solo día allá. Me dice: El odio y la rabia se han atenuado, y el silencio también, pero igual siento que me han dejado afuera. Me dice: En la novela, en lo que he leído, hay demasiada literatura. Nosotros estábamos perdidos y todo se sentía incierto y difícil. Éramos más torpes, más niños. Incluso tú y ese al que llamas Ladislao. Me dice: Para serte honesta, me he quedado con sentimientos encontrados sobre las partes donde supuestamente aparezco. Me dice: Esperaba más calor en Houston.

Le pregunto si quiere tomar algo.

'Sí, claro.'

'¿Chela o trago?'

'Si hay algo con mezcal… algo con mezcal.'

Me levanto y vuelvo al bar. Adentro es oscuro y un poco desolador, siempre que vengo me siento afuera. En la barra solo hay una pareja. Los dos revisan sus teléfonos con una atención desconcertante, como si su vida dependiera de una información que necesitan encontrar ahí.

Regreso con los dos vasos en mano. El patio está rodeado de calaminas pintarrajeadas y lo atraviesan cables con decenas de focos. En las noches, cuando los encienden, se ve hermoso.

La que llamo Andrea está fumando de nuevo. Ya no es bella pero todavía se nota que lo era. Se nota también que ha aceptado esa pérdida sin lamentarla ni escandalizarse, que quizá incluso prefiere no ser bella a serlo.

'*Mezcal mules.*'

'¿*Moscow mules?*'

'No, *mezcal mules*, la variación houstoniana. Mezcal, cerveza de jengibre y hielo.'

Me siento y entrechocamos los vasos y les damos un primer sorbo. Nunca fuimos tan cercanos pero sí éramos casi amigos y, por más increíble que parezca, ya no lo somos. Ahora somos extraños que coinciden en algunas viejas mentiras.

Pregunta por Houston.

'¿Te gusta?'

'Me gusta que sea casi como estar en Latinoamérica', digo. Luego suelto eso de todas las veces que alguien me pregunta lo mismo: que tres mil personas se mudan al día aquí, que se ha vuelto la cuarta ciudad más grande de Estados Unidos y que va bien encaminada a robarle el tercer lugar a Chicago, que es también una de las ciudades más diversas debido en parte a que tres de cada diez habitantes han nacido en otro país, entre ellos mi esposa y yo y la mayoría de nuestros amigos o conocidos. Añado que depender de un auto y un GPS para llegar a cualquier parte es lo que más me frustra de la ciudad.

'¿Nueva York qué?'

'Justo lo contrario. Lo que a mí me frustra es no poder llegar en auto a donde sea. Encontrar parqueo es una mierda, y el tráfico ni qué decir.'

Estar con ella después de haber estado escribiendo sobre ella no deja de ser extraño. Es como si se hubiera salido de la novela, pero al hacerlo ha envejecido veintiún años. Ya no es la muchachita, la muchachita no va a volver, y el muchachito que era yo entonces tampoco. Pero esa es una constatación inútil, y me pregunto si no debería estar escribiendo más bien sobre cualquiera de las noticias que acumulo en esa carpeta de mi historial de navegación, si no debería hacer ficción a partir de nuestro presente cada vez más inverosímil y excesivo.

Me dice la que llamo Andrea: Sé que te va bien como escritor, pero sé también que eso es relativo y que las ventas suelen ser penosas. Para que te hagas una idea de mis habilidades detectivescas, te puedo decir por ejemplo que de tu última novela solo se han vendido mil y tantas copias en Estados Unidos. Salió con una editorial importante y recibió buenas críticas y todas esas cosas, pero aun así se han vendido apenas mil y tantas copias. Y en Latinoamérica y España juntas no más de tres mil. Puedo darte las cifras exactas si quieres, hasta por país. Me dice: Llegaste a Houston el primero de agosto del 2014. Te viniste porque a tu esposa le ofrecieron trabajo en la universidad, pero luego del traslado volviste a Ítaca un semestre a terminar tu doctorado. Me dice: Ese semestre le alquilaste un cuarto a una tal Edith y las cosas terminaron mal entre ustedes. Me dice: No sé si supiste, el año pasado la atropellaron en Brooklyn.

Quiere impresionarme con esos datos pero yo no le doy el gusto y me limito a sonreír como respuesta. El barman, que tiene los brazos cubiertos de tatuajes, saca un recipiente de plástico lleno de botellas vacías y lo deja a un costado, cerca de una puerta lateral. Vuelve adentro y nosotros nos quedamos tan solos como antes, aferrados a nuestros vasos. Debería haber más alegría y cercanía pero los animales dopados de estos veintiún años sin vernos siguen arrastrándose por este patio que tanto me gusta. Debería haber un aire más distendido pero con lo que ella es ahora y lo que yo soy ahora al parecer va a resultar difícil.

Me dice, tras encender un nuevo cigarrillo: Se murió en la calle, la mujer a la que alquilaste un cuarto en tu último semestre en Ítaca. Por si nunca te lo dijo, sufría esquizofrenia desde que era adolescente. Creían que la desencadenó la mucha marihuana que fumó entonces. Me dice: Los del curso éramos santos en ese sentido, nos emborrachábamos como bestias pero apenas probábamos otras cosas. Bolivia produce la mejor cocaína del mundo y nosotros ni idea. Aunque parece que ya no es así, parece que el consumo interno se ha multiplicado. Me dice: En esa época yo solo le metí coca una o dos veces. Me dice: Del curso hay varios que ahora sí le dan duro, y algunos otros que solo a veces. Me dice, siguiendo la manera de hablar sobre ellos que usamos en nuestras llamadas telefónicas: Los que llamas Mario y Andrade, digamos, o la que llamas Alicia, o incluso la que llamas Luisa, que por cierto vive en Miami desde hace algunos años. Pero eso por supuesto que ya debes saberlo. Me dice: La que llamas Luisa y tú hacían linda pareja, la pareja más linda de todas. Es sorprendente que se meta coca, ¿no? Así tan tranquila, tan buenita, pero me consta que jala de vez en cuando. Me dice: Los que juegan en otra liga son esos que llamas el Enano y la Brujita, los dos están hechos mierda. Si quieres te muestro un video de ella lamiendo el suelo mientras unos tipos a su alrededor se cagan de la risa. Pero no la juzgo, yo también tuve años malos. Desde que entré en la universidad hasta que cumplí veintinueve fui un basurero al que todos iban a botar su basura. Me dice, acomodándose los lentes oscuros: No sé cómo me las arreglé para graduarme ni para conseguir trabajo, ni tampoco por qué no se deshicieron de mí si era una porquería andante. Me dice: Te espantaría si te contara algunas cosas. Aunque es posible que los rumores te hayan ido llegando, sobre todo desde que se volvió tan fácil saberlo todo. Me dice: Nosotros fuimos la última generación que creció sin internet ni celulares, ¿te das cuenta? Por eso somos una generación tan enferma de nostalgia, y las corporaciones han empezado a explotar esa nostalgia, no por nada hay cada vez más series ambientadas en los ochenta y los noventa, y me imagino que lo mismo pasa con los libros. Me dice: Siempre fuiste callado pero ahora eres más callado todavía y no sé si me gusta.

'A mí a veces sí y a veces no.'

'Te debe hacer la vida más difícil.'

'Solo cuando tengo compromisos.'

'¿Cuando tienes que hablar en público?'

'Y también en reuniones y fiestas.'

'Tu esposa parece buena tipa.'

'Sí, es un amor.'

'Vi las fotos de tu boda.'

Sonrío porque esas fotos no se publicaron en ninguna parte. ¿Es posible que sepa meterse en computadoras ajenas? ¿Es posible que haya visto lo que yo tengo en la mía, que haya estudiado mi historial, que haya leído mi diario? Me hago esas preguntas y, recordando algunas de esas fotos que no sé si vio, vuelvo a pensar que los matrimonios son largas ceremonias de desenmascaramiento. Después de las fantasías del enamoramiento inicial, sucede el realismo duro de dos personas arrancándose los disfraces la una a la otra. Luego toleras o no toleras lo que encuentras debajo, el verdadero rostro de la persona que creías amar. La amistad, en cambio, es posible que empiece justo entonces, apenas reconoces el verdadero rostro de la otra persona.

'¿Dónde las viste?'

'Ya no me acuerdo. Pero me sorprendió que no hubiera nadie del curso.'

'Fue una boda chiquita, solo para que se conozcan las familias.'

'Ni siquiera ese que llamas Ladislao.'

Ella, hace veintiún años, flaquita y rubia, recorriendo las calles de Cochabamba mientras decide qué hacer con su embarazo no deseado, con su relación no deseada, con su vida no deseada. Ella ahora, endurecida y maliciosa, apagando la colilla de su cigarrillo contra el fierro forjado de la mesa.

'¿Tú qué? ¿Sigues sola?'

'Sola y feliz.'

Intento encontrar sus ojos detrás de los lentes oscuros pero no lo logro.

'¿Qué cosas te gustaba meterle?'

'¿En los años malos?'

'Sí.'

'Todo lo que puedas imaginar, pero coca más que nada, y mucho trago. Hice rehabilitación no sé cuántas veces. La cuarta o la quinta fueron la vencida y durante siete años exactos no probé una sola pizca de nada, ni siquiera alcohol. Ahora sí, como ves, pero lo controlo un millón de veces mejor.'

Vacía su vaso y sonríe por primera vez desde que nos vimos.

'Pensé que si parabas… tenías que parar para siempre.'

'Adoro el mezcal. Y así con *ginger beer* está rico.'

No sé qué decir, casi nunca sé.

'¿Segundita?', pregunta ella.

'Dale.'

'Me toca invitar.'

Lo dice y se para con una agilidad que me sorprende, pero al hacerlo se golpea la rodilla con una de las sillas vacías. Espero que se la frote. No lo hace.

'*Mezcal mule*, ¿no?'

'Voy yo', digo.

'La siguiente', dice ella.

La veo entrar en el bar. Fue la más fuerte y decidida y bella y la más inteligente de las chicas de mi curso. Fue también, creo, la que peor lo pasó. Pero de eso no puedo estar seguro, ni de cuánto me la he terminado inventando.

Lo sabré esta tarde, quizá.

Esto es lo que me dice apenas vuelve con los dos vasos en mano, apenas los deja sobre la mesa y se sienta, apenas saludamos y les damos un buen sorbo: A mí me perturba más mirar hacia atrás que hacia adelante. Todos piensan que el pasado es menos incierto, que el pasado es una especie de refugio adonde podemos ir corriendo cada vez que las cosas salen mal. Qué idiotez. Me dice: Incluso tú asumes algo así en tu novela. Pero no es posible encontrar una sola respuesta en el pasado, ni una sola clave de nada, solo trampas y cosas que nosotros seguimos poniendo ahí. Me dice: Lo que cada uno de nosotros terminó siendo tiene poco que ver con lo que hemos sido antes. Lo que define lo que terminamos siendo es lo que no vemos venir, los accidentes son lo que más incide. Ese marzo asqueroso estuvo lleno de accidentes, grandes y pequeños. Por eso nos marcó tanto. Me dice: Si por mí fuera los humanos no tendríamos memoria. El pasado es una carga innecesaria, ojalá pudiéramos hacerlo a un lado, ojalá al menos pudiéramos decidir qué recuerdos conservar y cuáles no. Me dice: Los recuerdos felices y los recuerdos infelices estorban por igual. Espero que haya científicos en no sé qué pinche universidad borrándole el pasado a ratas o chanchos. Me dice: Mientras te leía no sentí en ningún momento que pongas en duda lo que estás contando, no sentí que desconfíes de ti mismo. No soy estúpida, sé que tienes que convencer a los lectores. Pero en tu versión hay demasiada literatura. Me dice: Los personajes no se sienten de verdad, es difícil conectar con ellos. Me dice: Igual digo esto sin haber leído la novela entera.

De nuevo evito sonreír porque esa sonrisa puede ser malinterpretada. Me interesa lo que está diciendo y quiero que siga, que dispare duro. Creí que escribir sobre esa época me liberaría, que aligeraría el peso de los años invisibles, pero a menudo siento que ha sucedido justo lo contrario.

Una ardilla inesperada nos mira desde el árbol de la esquina del patio. Evalúa si este es territorio hostil. Tras unos segundos se escabulle entre las ramas y salta a las de un árbol del lote vecino.

La que llamo Andrea me dice: Me he quedado callada todo este tiempo y ahora, gracias a ti, quiero hablar. Me dice: Pero estoy convencida de que quien de verdad merece una novela es la que llamas Rigo. Me dice: "La que llamas", "el que llamas", es absurdo hablar así, absurdo y agotador, pero te voy a seguir hasta que me dé el cuero. Me dice: Una novela sobre ella, eso es lo que deberías escribir. Pero tendrías que mostrarla en serio, no esa versión de fantasmita que tienes ahora. Mostrarla cuando su papá y su mamá la dejaron a sus trece en una casa en la ciudad. Ni siquiera sabía español y tuvo que aprender a la fuerza. Así solita aprendió también a leer y escribir, y a moverse por un lugar que no tenía nada que ver con su pueblo, con sus costumbres, con su gente. Me dice: Ya de vieja la que llamas Rigo casi no hablaba, pero cuando yo era niña sí, y me contaba sobre su vida y a mí me encantaba oírla. No fue mi madre la que me crio, fue la que llamas Rigo. Me dice: Todos los ricos de Bolivia han sido criados por sus empleadas, por sus esclavitas. Me dice: Más bien en algún momento su sobrina empezó a llevarla a las reuniones del sindicato al que estaba afiliada. Varias veces la encontré pintando pancartas para huelgas o marchas, y a veces escondía a dirigentes en su cuarto. No sé qué hubiera pasado si mis viejos se enteraban. Me dice: Si quieres una heroína, una verdadera heroína, ahí la tienes, y además matas a dos pájaros de un tiro, porque nada le gusta más a los gringos y a los europeos que leer sobre las luchas y miserias de los latinoamericanos y los africanos y todos los que no son ellos. Los personajes sufridos y luchadores los reconfortan, los hacen sentirse orgullosos de sí mismos, de las mentiras que les gusta contarse. Me dice: Qué feliz la hubiera hecho ver con sus propios ojos lo que pasó en Bolivia unos años después, ver al fin un presidente indio y unas ministras de pollera, tan cholas como ella. Me dice: Y no creas que apoyo a este gobierno. Este gobierno ha terminado siendo tan puerco como cualquiera de los que vinieron antes. Pero les tocaba y si quieren ser igual de puercos que lo sean y si quieren ser igual de mezquinos, igual de machistas y abusivos y corruptos, que lo sean. ¿Por qué tendríamos que exigirles una moral superior? ¿Por qué tendríamos que esperar que no quieran aferrarse al poder si es suyo por primera vez en cientos de años?

La que llamo Andrea enciende un nuevo cigarrillo. En muchos de los recuerdos en los que la conservo aparece fumando. Esos recuerdos se confunden ahora con lo que he escrito sobre ella. Fue a fines de Intermedio o principios de Medio cuando empezaron a circular las primeras cajetillas y a suceder las primeras borracheras. Los primeros besos también, a menudo en medio de esas borracheras.

'¿Quieres?'

Me ofrece su pucho encendido.

Niego con la cabeza.

'Parecería que sí quieres.'

Vuelvo a negar, esta vez sonriendo un poco.

'Siempre tan buen chico.'

'...'

'Atormentado pero bueno.'

'...'

'Tú y el que llamas Ladislao, tan buenos chicos los dos. Tan maduros y seriecitos, tan unidos. Pero yo usaría tu nombre directamente, tu nombre para que quede claro. Además no tienes cara de Julián.'

'...'

'Andrea tampoco me gusta como nombre. Ladislao sí.'

Pienso en el que llamo Ladislao, en sus ganas de hacer las películas más hermosas del mundo, en su entusiasmo y entrega, en su convicción. La que llamo Andrea fue la primera que nos mostró a él y a mí cómo eran las chicas debajo del calzón. Teníamos doce o trece y estábamos en un recreo, cerca de la cancha de fútbol. Nos acercamos y ella se hizo a un lado la ropa. No se la quitó, la apartó nada más, después de desabrocharse el botón de la falda. Ya tenía mucho pelo y parecía la concha de una mujer adulta, lo que nos excitó aún más. Luego exigió que le mostráramos también, y en los próximos días la vimos hacer lo mismo con los demás chicos del curso.

'La noticia me destrozó. No puedo imaginar lo que sentiste tú.'

Apenas lo dice mis ojos se humedecen. No he hablado sobre esto con nadie y me doy cuenta de inmediato de que no estoy preparado para hacerlo todavía. ¿Con qué soñaremos cuando todo se vuelva visible?, se preguntaba Paul Virilio en un texto que también guardo en esa carpeta de mi historial de búsqueda, junto a las noticias de nuestro presente desquiciado. La pregunta no ha dejado de rondarme desde que la leí y vuelve a asomar. ¿A quién encontraremos del otro lado de las cosas cuando no tengamos nada que ocultar?

'Ya vengo, necesito baño', digo y me levanto y todo se siente liviano, como si el mundo y yo fuéramos parte de una escenografía artificial, hecha de papel. Entro al bar pero en lugar de girar a la derecha sigo recto hasta salir a la calle. El clima ha ahuyentado a la gente y a mí me cuesta respirar.

Llego a la esquina de Westheimer y Dunlavy donde nos encontramos más temprano y me pregunto qué mierdas estoy haciendo. Hace mucho solía irme de algunas reuniones así, sin despedirme de nadie. Se me cruzaban los cables y eso hacía. Sabía lidiar menos con la depresión, con los bajones repentinos. Pero eso era antes, sobre todo alrededor de los veinte. A los casi cuarenta resulta ridículo, y más si ella ha venido desde lejos, y más si no la veo hace tanto. Respiro hondo varias veces para recobrar la calma.

Vuelvo al bar unos cinco minutos después. Pido dos tragos más en la barra y espero que los preparen antes de salir al patio. Los dos vasos anteriores de la que llamo Andrea ya ni tienen hielo, uno de los míos está a medias.

'Lo siento', dice ella. 'No tenemos que hablar de eso.'

'Sí, no tenemos que hablar de eso.'

Sigue un silencio que dura dos cigarrillos. Mientras apaga el segundo veo que son las cinco y veinte. Apenas llevamos juntos una hora y tantos.

'Parece que me cuesta hablar sobre el tema más de lo que creía.'

'Te cuesta hablar de todo.'

'Sí.'

'Entonces está bien que te hayas dedicado a escribir.'

'Empecé la novela hace un año y medio, bastante antes de enterarme. Pero eso que decías hace un rato sobre los accidentes… no podría estar más de acuerdo. Conocer a una persona también es un accidente, ¿no?'

'…'

'También es algo que no veías venir, algo que puede transformar tu vida de un segundo a otro. No en el sentido cursi, en el sentido más real posible. Digamos en las decisiones que tomas con esa persona en tu cabeza. Si sigue a tu lado, todo bien. Si no sigue, si no quiere seguir, se vuelve más jodido.'

'No es lo que yo tenía en mente, pero igual salud por eso.'

Vaciamos los vasos. Los vaciamos sabiendo que cada vez hemos tardado menos en vaciarlos, y por unos segundos volvemos a ser los que ni siquiera han llegado a los veinte, los que no se han ido a ninguna parte y corren apurados hacia ese precipicio al que le dicen futuro o destino o lo que sea.

'¿Hay más lugares por aquí cerca?', pregunta ella.

'¿Quieres moverte?'

'Sí.'

A las seis de la tarde somos dos bolivianos casi borrachos recorriendo la calle Westheimer. Dos bolivianos que ya no viven en Bolivia como tantos otros bolivianos, dos que fueron casi amigos en algún momento y ahora son extraños que intentan acercarse por medio del alcohol y la charla y de algunas de esas mentiras que comparten, las mentiras de lo que fue real y dejó de serlo, de lo único que existía antes de esfumarse.

Ella va sonriente, más sonriente que hace un rato, más sonriente de lo que recuerdo haberla visto nunca. Me contagia verla así.

'Está lindo esto.'

'Sí, es uno de los barrios más lindos de la ciudad. Se llama Montrose.'

Dos cuadras más allá nos cruzamos con un camión de comida. En Houston están en todas partes. Este vende tacos.

La que llamo Andrea se acerca.

El joven que atiende le pregunta en un inglés voluntarioso si ya sabe qué va a pedir. Piensa que es gringa y a mí no debe saber dónde ubicarme. Lo sorprende que respondamos en español. Yo pido dos tacos vegetarianos, ella tres al pastor. Él nos pregunta de dónde somos. Respondo que de Bolivia pero la que llamo Andrea se apura en añadir que ella de Miami. El joven nos cuenta que ha llegado hace poco de Oaxaca. Estados Unidos está gobernado ahora mismo por el presidente más nefasto de su historia, y son tiempos oscuros y se avecinan tiempos más oscuros aún, pero ni él ni nosotros dejamos de sonreír mientras nos dice que le encanta Houston (porque Houston casi no es Estados Unidos, me digo), y que en las tres semanas que lleva atendiendo el camión de su padrino ya ha conocido no solo a muchos compatriotas sino también a venezolanos y paraguayos y hondureños, y ahora a nosotros.

Esos de allá lejos, los muchachitos, también caminaban sin saber adónde ir. Pero si le hago caso a la que llamo Andrea, en verdad no existe un vínculo obvio entre el presente y el pasado. Son esferas diferentes, mundos que apenas se tocan. Esta mujer que tengo al lado no es ni debería ser la muchachita, yo no soy ni debería ser el muchachito, no mientras se pone a preparar nuestro pedido el oaxaqueño que ha perdido para siempre a Oaxaca (aunque todavía no lo sepa).

'¿En cuánto se llega al aeropuerto?'

'¿Al Bush o al otro?'

'Al Bush.'

'Depende de la hora.'

'¿A eso de las diez?'

'Unos veintitantos minutos desde aquí.'

'Nos queda buen rato, entonces. ¿No tienes nada que hacer?'

Empieza a oler a cebollas caramelizadas y yo niego con la cabeza.

'¿En tu laburo tienes flexibilidad?', pregunto.

'Sí, y me la paso viajando. Trabajamos con clientes en toda la Costa Este. También en México y, últimamente, en Perú. El que llamas Robinson vive en Lima, ¿sabías? Es gerente de una multinacional, gerente como tantos del curso. Eran los peores estudiantes, los más vagos, pero igual terminaron de gerentes.'

'¿Lo has visto?'

'Al único al que he visto es al tal Julián. De hecho, lo estoy viendo en este mismísimo segundo.'

'Si hasta lo he matado en un cuento al tal Julián.'

'Yo sé. De todo lo que has escrito, de todo lo que te he leído al menos, lo que más me gusta son los cuentos sobre el curso. El del viaje de promo es mi favorito, y ese otro en el que ustedes se van de putas una noche.'

El joven nos dice que la comida ya está lista. Pagamos y nos despedimos y vamos a sentarnos en las gradas de un local abandonado que hay al otro lado de la calle. Se nos nota el hambre.

'Qué tacos tan delis. ¿Los tuyos?'

Le ofrezco uno y le da un masco.

'Esto es lo que necesitaba', dice.

No sé si se refiere a la comida, o a estar deambulando por una ciudad en la que nunca había estado antes, o a haberse tomado unos tragos un martes cualquiera de este año que no importa, pero no le pido que lo aclare. Nos hemos aligerado por un rato y eso está bien. La intensidad y los fantasmas pueden esperar. Lo que le sobra a nuestras vidas puede esperar.

Cuando terminamos de comer le pregunto si quiere dar una vuelta por el parque Menil, que está a unos diez minutos de caminata. Ahí tienen la colección de arte de la familia de magnates que le da nombre al lugar, y también la capilla que ayudó a diseñar Mark Rothko poco antes de matarse.

'Prefiero otro bar', dice ella.

3

Pececitos fosforescentes

Es el mismo doctor Angulo quien la devuelve a casa el sábado a las cinco de la tarde. Ha sentido incomodidad y molestia y vergüenza y miedo pero no dolor, y sigue con el cuerpo aletargado mientras recorren la ciudad en la dirección inversa a la que ella lo hizo sola en un taxi varias horas antes.

Suena en el auto un jazz apacible. Sobre la felpa carcomida del volante, los dedos del doctor se mueven desganados al ritmo de la percusión.

Ella no reconoce la calle donde estacionan.

'Vuelvo en un minuto, Andreíta.'

'Bueno.'

'¿Necesitas algo?'

Niega con la cabeza. Luego, apenas se queda sola, se pregunta si alguna de las chicas del curso también lo habrá hecho alguna vez. ¿La Brujita, quizá? ¿Una de las Marianas? Después de algunos días lluviosos, el cielo al fin se ha despejado y todo parece quieto afuera. Adentro lo mismo y ya no hay música porque él ha apagado el motor. Los minutos son de plastilina, los recuerdos de basura descompuesta. Andrea se entretiene imaginándole variaciones secretas a las cosas. Su cuerpo sigue aletargado y ese auto no es suyo y a marzo le queda una semana todavía. Necesita dormir pero no se siente segura ahí. Las madres son de piedra y los padres de arcilla o agua sucia.

En algún momento el doctor vuelve con una bolsa de plástico que deja en el asiento de atrás. Es un hombre bueno al que su mujer ha dejado por otro. Es también ahora, quizá, un hombre culpable que no sabe si debió hacer lo que hizo.

'¿Cómo vamos?', pregunta.

'Bien.'

Manejan en silencio durante los diez o quince minutos siguientes, ella adormeciéndose de rato en rato, hasta que llegan a su casa. En la entrada él le pasa la bolsa de plástico. 'De los antibióticos toma uno cada seis horas. Es importante que completes el tratamiento, aunque estés sintiéndote bien. En una semana evaluaremos cómo seguir. Los antiinflamatorios solo una vez al día, siempre después de comer. También te recomiendo que duermas mucho hoy y que no dejes de tomar agua. Esas dos cosas son esenciales, Andreíta.'

Hay palabras que no quieren salir aunque sean urgentes. Se quedan quietas cuando ella más las necesita.

'Ya sabes que puedes llamarme a cualquier hora, a la casa o al consultorio o al aparato este. Para lo que sea, aunque no parezca importante. En la bolsa te he anotado mis números y las instrucciones para las medicinas.'

Gracias quisiera decir al menos. Pero todas las palabras se han quedado quietas. Palabras hechas de musgo, de sangre coagulada, de basura industrial.

'Te espero el lunes', dice él.

'Sí.'

'Y llamame si tienes cualquier duda. Lo más probable es que en los próximos días haya tanta sangre como en tus periodos. Si es más, o si no para, o si estás débil, no dudes en avisarme. A cualquier hora.'

Andrea se baja. Su cuerpo se siente ajeno mientras abre la puerta de calle y atraviesa el jardín. El teléfono está sonando cuando entra en la casa. Después de nueve o diez timbres por fin se calla.

En la cocina se sirve un vaso de Coca. Solo cuando está a punto de tomárselo se pregunta si no será perjudicial para su salud, pero no recuerda que el doctor le prohibiera nada, así que se lo toma y vuelve a servirse uno más. Del otro lado de la ventana ve a Nicole asoleándose en una de las tumbonas amarillas que están cerca de la piscina. Su hermana siempre ha sido más desinhibida que ella y solo tiene puesta la parte de abajo del bikini. El teléfono, de nuevo, empieza a sonar. Escucha los timbres mientras sube las gradas y llega a su cuarto. Quizá sea Humbertito, o su madre o su padre, o alguna amiga de Nicole, o incluso Laura. Lo último que le interesa saber es quién puede ser. Guarda las medicinas en el velador y se echa sobre su cama. Intenta dormir pero no lo logra.

Media hora después sale al jardín. Tiene puesta una malla de dos piezas y lleva una toalla al hombro. Su hermana la mira con incredulidad. Luego sonríe.

'¿Qué oyes?', le pregunta Andrea.

Nicole se quita los audífonos.

'¿Qué dices?'

'Que qué oyes.'

'Nada, un casete que me grabó el Juani. ¿Tú qué?'

'Todo bien.'

Las dos son flaquitas pero Nicole es más alta y está bronceada.

Andrea se echa de espaldas y se cubre los ojos con el reverso de la mano.

'¿Has sabido algo de los viejos?', le pregunta a su hermana.

'La vieja llamó la otra noche', dice Nicole.

'¿Y?'

'Nada.'

'¿Se oía bien?'

'Sí, se oía feliz. Dice que ya nunca van a volver, que nos olvidemos de ellos.'

'¿Pero podemos quedarnos con la casa?'

'Con la casa y los autos.'

Nicole es dos años menor y lo que más hicieron desde niñas fue pelear. En las peores épocas Andrea le prendió fuego a las muñecas de su hermana o le manchó con kétchup algunas de sus poleras favoritas. Nicole le trizó el vidrio de su tocador lanzándole un frasco de perfume, y dos veces dejó trozos de mierda sobre su cama. Era guerra mala la que mantenían desde casi siempre.

'En serio, si fuera por ellos no vuelven.'

'No creas', dice Andrea por decir algo.

'Aquí están como fuera de lugar', dice Nicole. 'Hasta su matrimonio funciona mejor en Gringolandia. Se les nota en la voz cuando llaman.'

'¿Y la Rigo?'

'Haciendo la revolución.'

'¿Tenía reunión hoy?'

'Eso parece.'

Andrea empieza a sentir una quemazón incipiente en los brazos y las piernas. Una brisa la atenúa cada tantos segundos. La música de los audífonos de su hermana parece alegre por el ritmo. Es lindo descubrir que pueden estar echadas lado a lado sin odiarse.

Con Humbertito tenían planeado ir a cenar y a la discoteca. Luego de una charla telefónica llena de preguntas y recriminaciones logra convencerlo de que salga sin ella. Le dice que no se siente bien y que prefiere descansar, ahora sí le ha bajado en serio y está sangrando más que nunca.

Desde su cuarto oye irse a Nicole.

Una hora después, desde la sala del segundo piso, oye a Rigo llegar. La anciana sube a preguntarle si quiere algo de comer y, aunque Andrea le dice que no, vuelve al rato con un sándwich de carne y chorrellana.

'Me he antojado y para ti también te lo he hecho. No quiero que te estés enfermando. Después a mí nomás me van a echar la culpa.'

'¿Te ha ido bien?'

'Sí, está bien cocido, como te gusta.'

'¿Te ha ido bien?', repite Andrea más fuerte esta vez.

'Bien, mamita.'

'...'

'No pensé que iba a encontrar a nadie. Qué bicho te habrá picado.'

'El bicho de la flojera.'

Rigo la mira unos segundos, como midiéndola. Quizá percibe la extrañeza, pero no sabe definirla ni explicarla.

'¿El Humbertito no va a venir?'

'Iba a salir con sus amigos.'

'Bueno, yo he tenido un día largo y me voy a descansar.'

Andrea come el sándwich viendo tele. Da una vuelta entera a los ochenta o noventa canales del cable deteniéndose segundos aquí, segundos allá. Al fin un programa argentino atrae su atención. Invitan a personalidades de la farándula a hacer una confesión pública. Ha dejado el plato a un lado y ha apagado la luz y se ha tapado con la manta de la bandera de Canadá que hace años les trajo de regalo su tío Marlon. Entrevistan a un cuarentón guapísimo. Andrea no lo conoce pero tiene pinta de actor. Hay un silencio inquietante en el estudio mientras él se da valentía para decir lo que ha venido a decir. Los ojos se le enrojecen apenas empieza a contar que una de sus sobrinas lo quería mucho y que una tarde le pidió que la besara como besaba a otras en las novelas. En el estudio reina el silencio y la presentadora se ve indecisa sobre cómo proceder. Se ha puesto nerviosa, o eso quiere que parezca. Andrea, a miles de kilómetros, siente unos escalofríos que le recorren el cuerpo. 'Me llevaba bien con ella, nos seguimos llevando bien', dice el cuarentón, 'y quería que le dé un beso de mentira, un beso como los de la tele, como los que me veía dando todo el tiempo. Así que nos besamos, nos besamos con mi sobrina, nos besamos en la boca, y eso es lo que he venido a confesar.' La pregunta que debería seguir es la más obvia, cuántos años tenía su sobrina, pero la presentadora no parece preparada para hacerla. 'Vamos a un corte antes de que Rafael nos siga contando su historia', se limita a decir.

Unos minutos después, luego de una tanda comercial interminable, el actor aclara que su sobrina tenía nueve años cuando se besaron por primera vez, y que se volvió una especie de juego entre ellos, pero que hace tiempo dejaron de hacerlo apenas ella se hizo novia de un compañero de curso en su penúltimo año de colegio. Los escalofríos se transforman de pronto en unas arcadas que Andrea no puede controlar y que la obligan a ir corriendo al baño. De rodillas en la taza, sin embargo, no logra vomitar, ni siquiera ayudándose con un dedo.

Cuando vuelve a la sala el programa ha terminado ya.

'Te han mandado unos regalos, mamita.'

Demora en entender que se ha quedado dormida en el sofá, cubierta nada más con la manta de la bandera canadiense. Soñaba que hacía carreras de auto con algunos del curso. Como las veces que sucedió en la realidad, Andrea iba por delante, pero en el sueño descubría en algún momento que le habían pinchado las llantas. Aun así no disminuía la velocidad. Después aparecía en una fiesta donde la gente aplaudía al verla llegar. En una tarima muy alta, Nicole bailaba con las tetas al aire y su padre le tomaba fotos usando una cámara desechable.

'¿Te los subo?'

'¿Qué son?', dice ella todavía sin distinguir entre el sueño y la realidad, que también parece sueño apenas recuerda eso que viene sucediendo en su vida. Tiene la boca seca y siente un dolor incipiente en el vientre.

'Ya vas a ver. En un taxi han llegado.'

'…'

'¿Te los subo?'

'No.'

Andrea va al baño a orinar y ve que su toallita está empapada de sangre. Se la cambia y se lava la cara. Quiere despertar de esa realidad que ahora se siente sueño y no puede. Recuerda el consultorio del doctor Angulo, no haber querido mirar lo que él sacó de su cuerpo, quedarse dormida ahí. Recuerda el viaje en su auto y también el auto con las llantas pinchadas que manejaba en el sueño que sí era sueño. Todo aparece confundido y borroso, y es posible que el dolor en su vientre sea imaginario. No puede sugestionarse ni prestarle demasiada atención.

En el reloj de la cocina ve que ya son las diez. Rigo está terminando de acomodar un gran desayuno en la mesa del jardín, con masitas y helado y torta. Hay un oso de peluche en una de las sillas y un globo de helio en forma de corazón atado al respaldar de otra.

'Esto más había', le dice. 'El Humbertito ha debido mandar.'

Andrea lee la tarjeta y se da cuenta recién de que están juntos hace un año exacto. Por eso insistió tanto la noche anterior para que salieran, pero lo hizo a su manera idiota, sin mencionar el aniversario.

'¿Te lo preparo algo de tomar?'

No entiende por qué Rigo está tan solícita. ¿Se ha dado cuenta de su confusión? ¿Ha visto sus toallitas empapadas de sangre?

'No tengo hambre, Rigo.'

'¿Prefieres café o leche con Toddy?'

'No quiero nada, a mí nada de esto me gusta. Cómanselo ustedes.'

'Pero si es para ti, mamita.'

'Yo no quiero.'

Se da la vuelta y se sirve un vaso de Coca y agarra un plátano de la frutera. Necesita llenarse el estómago antes de tomar las medicinas. Las busca en su velador y, después de revisar la receta, traga dos pastillas. Se echa sobre su cama y vuelve a quedarse dormida. La que aparece esta vez es su madre, con un inmenso sombrero verde en la cabeza. Le pregunta si le queda bien. 'Es interesante', dice ella. '¿Interesante bien o interesante mal?', insiste su madre. Nota en su ojo izquierdo una mancha roja. Cuando se fija mejor ve que en realidad son varias manchitas pequeñas que se mueven y entrechocan. Están al aire libre, en una plazuela que no reconoce, y el viento se lleva el sombrero. Su madre tiene la cabeza rapada. '¿Interesante bien o interesante mal?', vuelve a preguntar. Ella está por responder cuando las interrumpe el doctor Angulo. 'He perdido mis lentes', dice sin siquiera saludarlas, 'ya no sé ver.' Poco después Andrea nada en la piscina del jardín. Abre los ojos bajo el agua y ve cientos de pececitos fosforescentes. Es una visión reconfortante, hermosa. No quiero que esto se termine nunca, está pensando cuando despierta.

Son las once y media. Los domingos a veces terminan alargándose tanto como los sábados. Se pone un tampón y se cambia en el baño y busca la toalla del día anterior y sale al jardín. La mesa ya está levantada pero siguen ahí el oso de peluche y el corazón de helio. Bota a un lado la toalla y las chancletas, se acerca al borde de la piscina y, al igual que en el otro sueño, se deja caer.

Una hora después aparece Nicole. Se saca la parte de arriba del bikini antes de sentarse al borde de la tumbona de al lado. Está terminando de comer un alfajor.

'¿Se piñaron con tu chico?'

'No que yo sepa.'

'Bueno, por lo menos elige bien sus regalos.'

Nicole le acerca la masita a la boca para que le dé un masco.

'Deli, ¿no?'

'Sí, supongo.'

'No jodas. Está deli.'

'¿Adónde fuiste anoche?'

'A vueltear. Y luego a Limón. ¿Tú?'

'Vi tele nada más. Tenía ganas de quedarme.'

Llevan tanto tiempo sin hablar tan bien como estos últimos días que a Andrea le cuesta creer que esté sucediendo en serio. Quizá todo es parte de un sueño que sueña ahora mismo desde su cuarto. La despertará una lluvia de ratas o una visita imprevista del actor argentino del programa de las confesiones. Todas esas cosas están hechas de algodón, de arena finita, de papel higiénico mojado.

'¿Estás depre?'

'No, ¿por?'

'Parece.'

'¿Te acuerdas de la Laura?'

'¿Lauri Moya? Claro que me acuerdo. Si era mi ídola.'

'Hemos vuelto a hablar después de mucho.'

'Qué loca estaba esa chica. ¿Le va bien?'

'La he convencido que venga en Semana Santa. ¿Tienes planes?'

'¿En Semana Santa? Ni sé cuándo es.'

'A fines de esta semana. Vamos a hacer fiesta del curso.'

'…'

'El viernes, aquí. Deberías unirte.'

Nicole sonríe como respuesta. Termina el alfajor y se chupa los dedos. Luego se echa de espaldas, se pone los audífonos y cierra los ojos. Andrea piensa en Laura, en la vez que se comieron noventa y nueve naranjas y en cuánto les dolió la panza después, en la estrategia que perfeccionaron desde niñas para situarse debajo de la piñata en los cumpleaños de sus compañeros, en lo poco que ella lloró cuando su padre se cayó de ese edificio a propósito o sin querer y en cuánto la admiró entonces. Recordando a su amiga en todas esas formas, vuelve a quedarse dormida.

Esta vez sueña que afuera hay una manifestación. Sin taparse, ella y Nicole van a la puerta de entrada. Miles de indios marchan por la calle. Algunos de ellos caminan con su propia cabeza bajo el brazo, desprendida del cuerpo con un tajo limpio. '¿Has visto la boca de ese?', pregunta su hermana. '¿Del que va delante?', pregunta ella. 'Sí, mirá su boca.' Andrea nota que está cosida con hilo negro. Se fija mejor y descubre que todos los otros, incluso los descabezados, la tienen igual. 'Todos', le dice a Nicole. 'Cierto', dice su hermana. En ese momento ven a Rigo entre el gentío, caminando apenas. Carga una pancarta que las dos intentan leer pero está en quechua y no entienden. Ella tampoco las mira al pasar.

'Contame de tus compañeros', le pide Joan.

Además del colchón en el suelo, lo único visible es una montaña de ropa sobre una silla amarilla y una mesita de noche con tres libros y una lámpara. Hay una ciudad del otro lado de la ventana pero es como si no la hubiera, como si el cuarto de Joan estuviera suspendido en una dimensión desconocida. ¿Así se siente el amor? ¿Pero es siquiera posible empezar a amar tan pronto y sin ningún esfuerzo? ¿Cinco o seis encuentros son más que suficientes para que se tambalee lo que había antes? ¿Era demasiado endeble eso o lo que provoca el sacudón es colosal? ¿Las dos cosas al mismo tiempo? ¿Ninguna de las dos?

Con la punta de un dedo Ladislao hace figuras en la espalda de Joan, sobre su polera. Dibuja palabras que ella no se esfuerza en descifrar.

'¿Qué tipo de cosas?'

'Cosas interesantes. De Julián, por ejemplo.'

'Es medio zen, pero siempre está pensando en la muerte. A veces se despierta llorando. En sus sueños todo el tiempo se mueren sus amigos y sus hermanos y sus viejos. A mí no sé cuántas veces me ha matado ya.'

'¿Y a eso llamas ser medio zen?'

'Es medio zen hasta que se echa a dormir. O hasta que se pone a cantar. Ahí se le cruzan los cables. Ya lo vas a ver algún rato.'

'No sé si quiero ver esto.'

'Hace unas semanas, después de una *rave* en el campo, apedreó a una vaca.'

'¿Qué es eso?'

'Le lanzó piedras. Y después la golpeó con un palo.'

'¿Me estás hablando en serio? ¿A una vaca?'

'Sí.'

'Wow, no sé qué decir.'

'…'

'Seguí haciendo.'

'¿Así?'

'Sí.'

'…'

'…'

'¿Quién más? ¿El Enano Fernández?'

'¿Luis?'

'Le decimos Enano.'

'¿Él qué? ¿También es medio zen, excepto cuando asesina gallinas?'

'Su viejo le saca la mierda. Una vez le vi la espalda después de un partido de fútbol, cuando se estaba cambiando, y la tenía llena de moretes. No sé ni cómo podía moverse. Pero él nunca habla de eso.'

'Entonces no puedes estar seguro que es su padre.'

'Tiene que ser. Es milico. Entiendes, ¿no? Militar, militar de la vieja escuela… de los que estuvieron involucrados en las dictaduras, y solo son los dos en su casa. Su vieja se murió en el parto, cuando el Enano estaba naciendo. Yo creo que eso es algo que su viejo nunca le ha perdonado.'

'…'

'Benito también es hijo de milico. Debe ser el que más sufre de todos, pero nunca dice una palabra. Es casi mudo.'

'¿Y Mario qué?'

'Mario las tiene locas a todas. Es el más experimentado. Pasa los veranos en Buenos Aires y ahí aprende.'

'Pensaba que era gay.'

'¿Mario marica? Ni en tus sueños.'

'¿Y Humberto?'

'Es como el guardaespaldas de Mario. El amigo medio bruto que se ríe de todas sus bromas. Le gusta mucho pelear. Siempre arma peleas en las fiestas.'

'Así me los imaginaba a Robinson y…'

'Andrade. Sí, ellos también le dan bien a los puñetes. No sé si esto sea verdad, pero en la vacación tomaron unos cursos de…'

'No pares, está rico.'

'Es que se me ha adormecido la mano.'

'Bueno, tu turno entonces. Pon de lado.'

Ladislao cierra los ojos apenas Joan empieza a acariciarle la espalda. Son caricias que le recuerdan a las que su vieja le hacía de niño.

'Unos cursos de… no sé cómo decirlo.'

'Di como sea.'

'Todo esto es entre tú y yo.'

'No, mañana en clase voy a anunciar al curso. Voy a decir: Ayer me contó Ladislao en mi cama que Luis asesina gallinas y Julián lanza piedras a vacas y Mario es gay. Y que Robinson y Andrade tomaron cursos de…'

'Sexo.'

'¿Cómo?'

'Para aprender, con unas putas.'

Joan le voltea la cara a Ladislao y lo mira a los ojos, quizá esperando que confiese la broma y suelte una risotada, pero Ladislao la mira nada más.

'En mis épocas los chicos aprendían solos. Y las chicas también. Nunca pero nunca en mi vida, ni siquiera en Estados Unidos, oí algo así. ¿Cursos? ¿En serio? ¿Y?'

'¿Y qué?'

'¿Aprendieron?'

'Según ellos sí. Al final, para graduarse, tenían que…'

'¿Tenían que qué? ¡Me estás poniendo nerviosa, Ladislao!'

'Tenían que tirarse a las profesoras delante de todos los demás.'

Joan empieza a reírse y no puede parar. Se ríe tanto que en algún momento se atora y Ladislao va corriendo a la cocina a traerle un vaso de agua.

'No sé qué te parece tan chistoso.'

'Ven', dice ella y hace que se eche a su lado y lo besa. Pero en medio del beso la risa vuelve y él se aparta.

'Así no te voy a contar nada.'

'Lo siento', dice ella. 'Es que… solo pensar me vuela la cabeza.'

'En serio esto es entre tú y yo.'

'Ven.'

Su boca sabe a mate, a agua caliente, a dulce. Joan le pasa la lengua por los labios, como delineándolos con la punta, y también por encima de sus párpados cerrados. Él apoya una mano en su espalda y quiere ir bajándola hasta acariciarle el culo, pero su falta de experiencia le juega en contra, así como las preguntas que no dejan de asomar. ¿Somos las preguntas que nos hacemos? ¿Somos más bien las preguntas que no tenemos el valor de hacernos? Y en las preguntas que también debe hacerse Joan, ¿qué hay? ¿Un hermano muerto? ¿Alguien que hizo daño después de irse pero también antes?

Al otro lado de la ventana no está nadie, ni Julián y los otros inventándose canciones que algún día quizá los hagan famosos, ni su mamá ofreciendo o negando préstamos a gente que necesita ese dinero, ni el viejo judío ordenando los estantes de su videoclub mientras se obliga a no recordar. Lo único que sí es evidente es el colchón en el suelo, la montaña de ropa sobre una silla amarilla que casi no se ve, manos que acarician y empiezan a doler después de un rato.

'¿Y las chicas qué?'

'¿Qué de qué?'

'Contame algo de las chicas. De esa que dicen Bruja.'

'Es buena tipa. Se lo toma todo tranqui. Un poco como tú.'

'¿Tiene chico?'

'No que yo sepa.'

'¿Y Alicia qué?'

'Es la que siempre ha tenido el promedio más alto del curso. No creo que sea la más inteligente ni la más interesante pero sí la más ordenada y disciplinada, y la que sabe lo que quiere.'

'¿Qué quiere?'

'Ser la mejor en todo.'

'Entonces ella seguro tiene chico.'

'Nosotros salimos durante algunas semanas el año pasado.'

'Nunca imaginaría. ¿Y qué? ¿Hicieron cositas?'

'…'

'¿Con ella aprendiste a acariciar tan rico?'

'La única que tiene chico es la Andrea. Está con el Humbertito hace rato.'

'…'

'Ah, y también la Luisa ha empezado a salir con alguien.'

'Parece tan inocente esa chica.'

'Era el gran amor de Julián. Sigue siendo un poco todavía.'

'Tan inocente y tan… privilegiada. Se nota hasta cuando no hace nada, hasta cuando está quieta. Bueno, a todos ustedes se nota.'

'…'

'Ahora soy yo la que tiene que callar.'

'Dime.'

'Esto es entre tú y yo.'

'No, mañana se lo voy a contar a todos en el recreo. La gringa dice que somos unos cojudazos, unos niñitos bien que no saben ni limpiarse el poto.'

'Unos niñitos bien que viven en una burbuja y no entienden cómo funciona su país. La vida es bastante más duro que entienden.'

Ladislao se queda callado. Son palabras inesperadas y ciertas, al menos en la mayoría de los casos. Pero él sí está al tanto de las desigualdades y contradicciones y miserias de Bolivia, de cómo el racismo está tan asimilado no solo por los que lo ejercen sino también por los que lo padecen. Además creció con una madre soltera que desde siempre tuvo que trabajar duro para sustentarlos. No se aguanta y lo dice.

'Contame tú de tus trabajos', responde ella.

'Pero yo estoy en el colegio todavía.'

'¿Y qué? Cuando yo estaba en colegio trabajaba en las tardes. De mesera. Y en una tienda para ancianos. Y en los veranos…'

'Eso no se acostumbra aquí.'

'Es justo lo que quiero decir, Ladislao. No sé en qué ciudad vives tú, pero yo veo muchos niños y adolescentes trabajando en las calles. Lo mínimo que pueden hacer los privilegiados es entender cómo funciona su privilegio. No vivir en negación, ocultando lo que les toca. Esa es la primera responsabilidad que tienen, la primera responsabilidad moral. Entender que no todos viven como ellos, y que eso no es porque son superior, o porque merecen. Si no hacen resulta obsceno, un insulto para los demás.'

'¿Y tú qué? ¿Tú crees que todos pueden vivir en apartamentos como este? ¿Tú crees que todos pueden comprar papas fritas importadas?'

'Yo ahora también vivo muy cómodo, pero lo sé y no me miento. Lo obsceno es vivir en negación. No te pongas defensivo, Ladislao, solo digo lo que pienso. No es crítica a ti, es crítica a la sociedad. Y Estados Unidos no es paraíso, por supuesto que no. Allá también están los que tienen todo y los que no tienen nada, y la idea asquerosa que los blancos son superior. Pero en general es más, ¿se puede decir *oculto*? Por lo menos en San Francisco es más oculto. Que aquí pagas para aprender a tener sexo... todavía no entra en mi cabeza.'

Tras decirlo vuelve a acariciarle la espalda con la punta de los dedos. Hace daño y acaricia. Acaricia para subsanar el daño que hace.

No hay nadie afuera. Están solos. En su cama.

'¿Por qué no me cuentas tú de tus amigas?'

'¿De mis amigas de secundaria?'

'Sí.'

Joan se queda un buen rato pensando.

'A ver. Una, Samantha, dejó de depilar durante todo el último año. No le gustaba, irritaba su piel, y un día rebeló y dejó de hacer. El pelo empezó a crecer como a un hombre en sus brazos y piernas, pero ella siguió firme y hasta iba con shorts a clases. Si los hombres y las mujeres tenemos pelo, ¿por qué solo las mujeres estamos obligados a depilar?, decía. ¿Por qué solo en nosotros es supuestamente feo? Lo que cuestionaba es la idea social de la belleza, que es una idea dominada por los hombres. Pero está tan... ¿sabes cómo se dice *widespread*? Está tan en todas partes... y funciona hace tanto tanto tiempo... que parece una idea natural, una idea obvia que no se puede refutar. Es una idea que oculta una ideología, la ideología que lo hace posible.'

'...'

'No sé si es claro.'

'¿Le gustan los chicos?'

'¿A Samy? Sí. En esa época tenía uno. Pero cuando empezó a crecer el pelo hubo problemas y él se fue con otra. Aunque ella es una mujer hermosa.'

'¿Hermosa según quién?'

Joan se queda pensando y deja de acariciarle la espalda. 'No sé', dice después de unos segundos. 'Tienes razón. Quizá uso lo mismo que critico. Bueno, que criticaba Samy.'

'...'

'Mi otra mejor amiga era Julie. Hace años se volvió muy cristiana y ya no tenemos contacto, pero en su última carta Samy me contó algo chistoso que Julie contó a ella. Ahora habla de Dios como si es su amigo, como si vive dentro de su cuerpo. Él dirige todos sus pasos. Viajó a un congreso en Chicago y estaba sentada en el metro y Dios le pidió que dice unas palabras. No, Dios, por favor no ahora, dijo Julie. Pero Dios insistió, que comparte con la gente su experiencia religiosa. Así que ella se para y comienza a hablar sobre el Señor y la salvación y esas cosas. Cuando termina alguien aplaude y otro agradece. No puedo imaginar, porque en colegio era una loca, la más loca de todos. Y era muy... inteligente. No buena estudiante pero sí muy inteligente.'

Se escucha una colisión seguida por unos gritos. Dos autos han debido chocar en la 4, los conductores han debido bajarse a confrontar al otro.

Es el mundo, lo que no hay, lo que no puede haber.

'¿Ya me odias menos?'

'...'

'Me gusta hablar contigo, me hace bien. Date vuelta, Ladislao.'

Los besos esta vez son más largos y en algún momento ella empieza a hacer ruiditos. Resulta excitante y perturbador y él no sabe si acariciarle las piernas, si besarle el cuello. Joan pone una mano de Ladislao debajo de su calzón.

'Quiero que me sientes', dice.

Es la primera vez que él toca a una mujer ahí. Ella no le suelta la mano, le muestra cómo acariciarla, y más un rato hace que le meta un dedo y luego uno más y que los mueva, primero suavito, luego duro. Después le aparta la mano y se la acerca a la boca. Ladislao no entiende pero termina chupando sus propios dedos, los dedos que estaban dentro de ella.

'¿Te gusta? ¿Te gusta el sabor de tu profe?', la oye decir, y antes de que responda Joan le pregunta si él también quiere aprender, si necesita una profesora que le enseñe, una profe a la que no tiene que pagar. Y se quita los shorts y el calzón, los dos al mismo tiempo, y le dice que pocos hombres saben chupar bien a las mujeres, que ahora ella le va a enseñar cómo hacerlo.

Tiene la concha rugosa, distinta a como Ladislao la imaginaba, y su pubis es más oscuro que su cabello. 'Pasa la lengua por los lados primero', dice, 'así, por los labios, suave. Más suave, por aquí.' Él imagina haciendo eso mismo al que se ha ido, el que desencadenó los años de fiebre y desencanto, el que inauguró la temporada de la rabia y la locura. ¿Con su hermano muerto también hacía cosas así? ¿Por eso a veces lo llama el amor de su vida? ¿O solo es una forma de decir? ¿Y cuántas cosas hizo ella luego con los hombres en los que buscaba al que se fue? El ruido de la ciudad inexistente se ha atenuado, los del accidente se han ido ya. Allá afuera hay un país que quizá no sabe ver, un país cuyo presidente es un tipo criado en Estados Unidos que habla español con acento gringo, un país de niños y adolescentes indios y cholos forzados a trabajar mientras él mira esas peliculitas que no le importan a nadie. Allá afuera él debería estar haciendo el video para el grupo de Julián, pero todavía no encuentra la valentía necesaria ni tampoco una idea incuestionable. Lo único seguro es que la tarde se acaba y que su lengua está en la concha rugosa de Joan una semana después de haberla encontrado en el videoclub. Ella presiona su cabeza, no lo deja apartarse. 'Así es rico, Ladislao', la oye decir. La mira sin dejar de chuparla y ve que ella lo está mirando también. Tiene el ceño fruncido y parece seria. 'Seguí así, ahora metiendo un poquito la lengua', dice. '¿Te gusta? ¿Ya consigues lo que quieres? ¿Ya comes el *pussy* de tu profesora? Ahora haz arriba también, en mi *clit*. Con la lengua, sí. Así Ladislao, así es rico. Seguí así.'

Unas horas más tarde suena en su equipo el *Strange Days* de los Doors. Va por menos de la mitad de los ejercicios y siente una primera ráfaga de cansancio. Cuarenta ecuaciones son un abuso. ¿Para qué sirve aprender a despejarlas y resolverlas? ¿Qué relación pueden tener esas "x" y esas "y" con nada de lo que tiene alrededor, con nada de lo que tiene adentro?

"People are strange when you're a stranger... faces look ugly when you're alone", canta Jim Morrison de fondo. Han pasado treinta años exactos desde que grabó esa canción pero su voz sigue intacta. Es la voz de un muerto, la voz de alguien que no está. Los que no están y los muertos también se cuestionan a sí mismos y sufren. Los que no están y los muertos también cantan. "Women seem wicked when you're unwanted... streets are uneven when you're down." Tuvo que haber una época en la que Jim Morrison se vio obligado a resolver ecuaciones similares a las que ahora se enfrenta Ladislao, pero le cuesta imaginarlo en su último año de colegio. ¿Qué pensaría de sí mismo? ¿Sospecharía todo lo que lo esperaba? ¿Y haberle metido los dedos y la lengua a Joan equivale a haber perdido la virginidad?

Algún día habrá menos preguntas. No esa noche en la que todavía le quedan veintitantas ecuaciones por resolver. Veintitantas ecuaciones que no llevan a nada que no sea la demostración de que pueden ser resueltas. ¿Oír la misma canción una y otra vez sí sirve de algo? ¿Y seguir dándole vueltas al video en lugar de rendirse y asumir la derrota de una buena vez?

'¡Biiitch! ¡Estás hermosa!', chilla Laura y se levanta aparatosamente para abrazar a Andrea, que demora unos segundos en reconocerla. Ha engordado y su cabello, igual de churco y desordenado que siempre, ahora resulta más ajeno porque se lo ha teñido de rubio. Es su mejor amiga, la que fue sabiéndolo todo desde que eran niñas, pero es también una desconocida que se ve diferente y habla y viste diferente, una desconocida a la que Andrea no esperaba encontrar en su casa hoy.

'¡Peeerra! Tú también estás linda', dice.

Se siente bien en sus brazos, resguardada, a salvo.

'Linda mi culo. He dejado de ser humana para volverme chancha.'

'Pensé que llegabas mañana. Por qué no dijiste, te iba a buscar al aeropuerto.'

'Llamé un montón pero nadie contestó. Y al final me largué en flota.'

'Qué macha.'

'Qué pobre dirás.'

Laura vuelve a abrazarla igual de fuerte. Andrea pensaba pasar la tarde viendo tele y durmiendo y quizá asoleándose en el jardín.

'¿Y tus cosas?'

'Las he dejado en el cuarto de visitas.'

'...'

'Vueltachas por el pueblo, ¿no? Pero antes necesito bañarme. Se pinchó una llanta en pleno Sillar y el tipo tardó como tres horas en cambiarla, así que estuve metida más de doce horas en esa flota de mierda. Si algún día quieres saber lo que es el infierno, el pasaje cuesta cuarenta pesos. Y de paso dejas de ser una biiitch y vas a que te pasee por Santa Puej.'

Laura se ve diferente y habla y viste diferente pero debajo de su nuevo cuerpo y del acento camba sigue siendo ella misma. Su llegada adelantada está devolviendo a Andrea, ahora sí, al presente.

Mientras su amiga se ducha ella aprovecha para tomar las medicinas. En su cuarto deja su mochila a un costado de la cama y se acerca al espejo. Quiere verse desde los ojos de Laura, saber si ha cambiado tanto como ella. Solo entonces nota que su falda tiene una mancha de sangre. No entiende cómo no se ha dado cuenta antes, ni por qué nadie le ha dicho nada en el cole.

Se mete en la ducha y todo se le agolpa entonces. El agua fría contra su cuerpo y la sangre que sigue saliendo de su cuerpo y la muerte que hubiera podido haber en su cuerpo si las circunstancias eran otras o si no hubiera contado con la ayuda del doctor Angulo. Todo se le agolpa, el jabón esparcido en la piel, las tetas más sensibles de lo normal, el agua roja y el agua menos roja. Los pedos nauseabundos de la profe de Mate y el cáncer que al parecer está comiéndose su estómago, Mario abriendo la ventana para hacerse el chistoso. La fiesta de curso que habrá dentro de dos días, marzo que no se quiere acabar. Su madre y su padre dónde, acompañados por quién, haciendo qué. Un día y luego otro, y así hasta que el año se termine y sea hora de tomar algunas decisiones importantes. Antes de eso, las decisiones que ya ha empezado a tomar y la libertad que ha atisbado un poquito, esa libertad a la que va a aferrarse más que nadie apenas se gradúe y se haga cargo de las riendas de su vida. Mil cosas mientras se enjuaga y sale de la ducha.

Después de secarse se pone el tampón que debió haberse puesto en el cole y también una toallita por si acaso. Luego se viste y se lava los dientes, busca las llaves y los cigarrillos y más toallitas, guarda todo en la cartera y baja a ver en qué anda Laura. Su amiga sigue en la ducha. Le dice que la espera en el jardín. Ahí enciende un cigarrillo. Mientras retiene el humo y lo deja ir, todo se le sigue agolpando. El oso de peluche y el corazón de helio, los pececitos fosforescentes de su sueño, el dolor incipiente en el vientre que es quizá un dolor imaginario. Las nubes esponjosas, el cielo amarillento y sucio. El hambre al que no va a hacerle caso. Lo que había en su cuerpo y ya no hay.

En la terraza del Dumbo, tomándose unos banana splits enormes, Laura le cuenta que su viejo las dejó a su madre y a ella adeudas hasta el cogote, y que fue por eso que se mudaron a Santa Cruz, donde sus tíos prometieron ayudarlas a encontrar laburo y colegio y un lugar donde vivir. Hasta hace poco le daba vergüenza hablar de lo pobres que se volvieron de un día al otro y de lo jodidas que su viejo las dejó, del malestar incluso físico que siente cada vez que alguien lo menciona a él, de tantas otras cosas, pero ya no.

'Y mi vieja ahora es otra.'

'¿Está hecha mierda?'

'No, ya quisieras. Parece una adolescente.'

'Bien por ella. Mejor tarde que nunca', dice Andrea.

'A veces hasta nos confunden como hermanas', dice Laura.

'No me la puedo imaginar.'

'Cabello largo, faldas cortas.'

'Novio diez años menor.'

'No, por ahí no va tanto la cosa.'

'Al menos eso cree la hija.'

'No, por ahí no va. Pero sí está más feliz, y se ha llenado de energía. Ahora se le ha metido la idea de abrir una tienda naturista.'

'...'

'¿La tuya?'

'Cogiéndose a su amante no sé dónde. Y mi viejo lo mismo.'

Su amiga estalla en una risotada y el movimiento brusco hace que unas gotas de helado salpiquen en su falda. 'Mierda', dice todavía riéndose. Agarra el salero de la mesa y deja montañitas de sal sobre las manchas.

'Si tus viejos se adoran.'

'Cuando están dormidos, sí.'

Laura le cuenta en detalle sobre el abogado ese del que intenta huir. Lo conoció hace unos meses en la perfumería en la que ella trabajaba por las tardes para ayudar a su vieja. Al principio era atento y cariñoso, luego se fue poniendo cada vez más posesivo, tanto que la obligó a dejar el trabajo. A cambio empezó a pasarle una mensualidad el doble de grande que su sueldo y alquiló un apartamentito que solo ellos usan. Se acostumbraron a que la buscara del colegio para llevarla ahí, adonde a menudo volvía a encontrarla al final de la tarde antes de devolverla a su casa. Entre medio la llamaba desde la oficina. Al principio tanta atención la ponía feliz pero con los meses se abrumó, y recibir plata de él empezó a incomodarla cada vez más. Quiso terminar la relación varias veces. Él la maltrató algunas de esas veces. La última, el día que ellas dos volvieron a hablar después de tanto, le había resquebrajado dos costillas. Eso convenció a Laura de que debía dejarlo. Como primer paso no le ha dicho nada sobre el viaje a Cocha. Cuando imagina la furia que debe estar sintiendo le da miedo, porque es un tipo que no sabe frenarse. También puede ser cariñoso y tierno si está de buenas, y su manera de desearla la hace sentirse la mujer más hermosa del mundo. Por eso lo amó tanto y por eso quizá lo sigue amando todavía, pero ya no quiere vivir atemorizada ni tampoco ser una posesión que él oculta en el apartamentito ese. Laura supo desde el principio que está casado y que tiene dos hijas, así que la culpa también es suya. Estos días la van a ayudar a tomar algunas decisiones. Si es necesario irá a la policía para mantenerlo lejos, y si hace falta también va a contarles a su vieja y a sus tíos. Se ganará su repudio pero a la larga será lo mejor. Fue el error más hermoso de su vida y ha llegado el momento de remediarlo, de buscar un nuevo trabajo y todo lo demás.

Andrea responde que nadie en el mundo podría entenderla mejor, pero evita mencionar los forzamientos de Humbertito. Solo añade que en su relación también hubo miles de llamadas y reproches y un alejamiento de todos, como si la vida se hubiera reducido a su relación nada más.

'Me alegra tanto tanto que estés aquí.'

'Y a mí estar aquí, biiitch.'

'Somos como almitas gemelas, ¿viste? Metidas en lo mismo.'

'Pero ya está, y ahora vamos de salida.'

'Tenemos que celebrarlo a lo grande este viernes', dice Andrea. 'Casi todos los del curso se han anotado, y el Julico y ellos van a tocar.'

'Yo voy a celebrar con Mario. Más bien tienes que contar', dice Laura.

'¿Sobre Mario?'

'Sí.'

'…'

'No seas biiitch y empezá a hablar de una vez.'

'¿Qué quieres saber?'

'¿Está a la altura de su fama?'

Andrea se ríe.

'¿Sí o qué?', insiste Laura.

'Sí, seguramente.'

'Pero…'

'Lo mío fue hace mucho y no sabíamos lo que estábamos haciendo.'

'Me acuerdo del lío que hizo tu vieja cuando se enteró.'

Andrea vuelve a reírse.

'¿Cuándo vuelven?', pregunta Laura.

'¿Mis viejos? La próxima semana.'

'Hay que aprovechar entonces.'

'Sí, hay que botar la casa por la ventana.'

Unas horas después Rigo les sirve la cena renegando. 'El Humbertito ha molestado toda la tarde. Ya no puedo. Como si lo único que tuviera que hacer es contestar el teléfono. Te estoy diciendo, Andrea, ya no puedo.'

'No te enojes, Rigo', le dice Laura y se levanta a abrazarla.

'No es justo', insiste la anciana. 'Como si estuviera papando moscas todo el día, o como si tuviera cinco manos. No hay derecho.'

Siguen oyendo sus quejas mientras cenan. Luego van a echarse al sofá de la sala de arriba. Andrea se pone a cambiar canales. En uno argentino ve una foto del cuarentón guapo de la otra noche. Un panel discute su caso, los besos en la boca que confesó haberle dado durante años a su sobrina.

'Prefiero no ver esto, biiitch', dice Laura.

Como cuando eran niñas, esa noche duermen juntas, agarradas de la mano.

Al día siguiente Laura se rehúsa a usar uniforme y su falda hippie y su blusa escotada y multicolor resaltan en medio de tanto gris y blanco. Con ella de visita, haciendo bromas constantes y provocando risas incluso entre los profes, Andrea siente como si hubiera sido restaurado un orden perdido. Eso, de alguna manera, le da valentía y enfrenta a Humbertito en el segundo recreo, le dice bastante más pronto de lo que esperaba que ya no quiere estar con él. Por la tarde, para celebrarlo pero también para ocultarse un poco, se van al club. Laura convence a Nicole que las acompañe. Ella sugiere que lleven la pistola de su papá, así disparan en el descampado detrás de la cancha de golf.

'Quién hubiera dicho que Nicoleeeta era la pistolera más rápida del Medio Oeste', dice ahora Laura entre risas. Está un poco chispa, las tres lo están después de un par de cervezas que Andrea sabe que no debía tomar por sus antibióticos. 'Tres de cuatro. ¡Impresionante, Nicoleeeta!'

Laura también disparó antes, pero dijo que no le gustó la sensación de tener en la mano ese pedazo de fierro con el que es tan fácil herir o matar. Prefiere que las hermanas compitan entre sí. Ellas están familiarizadas con el arma porque su viejo les enseñó a usarla desde chicas.

'A ver si la biiitch logra superar a su minimííí.'

Hace unos diez años, ahí mismo en el club, cerca de la piscina, Andrea y Laura vieron cómo un paracaidista se destrozó contra el suelo un domingo cualquiera. No se le abrió el paracaídas y el sonido seco de su cuerpo estrellándose contra el suelo le arrancó gritos a la gente. Luego siguió una quietud tan extraña que eso es lo que Andrea más recuerda, la quietud que siguió al accidente y no la cabeza abierta del hombre o los trocitos de cerebro que encontraron esparcidos a no sé cuántos metros de distancia. Con el cuerpo del viejo de Laura seguro pasó igual, pero sobre eso nunca han hablado.

Su amiga reemplaza las botellas rotas por unas nuevas y vuelve donde están paradas ella y Nicole. Son las cuatro de la tarde y Andrea siente como si acabara de regresar a casa luego de un largo viaje.

Carga la pistola y apunta.

'Tres de cuatro, ni en tus mejores sueños', dice Nicole.

'Ni en tus mejores sueños, biiitch', repite Laura. Dice también, abanicándose con la mano: 'Estoy sudando como chancha, esto es peor que Santa Puej. Allá por lo menos hay viento.'

Andrea se concentra, respira hondo y dispara. Treinta metros más allá una botella se hace trizas. Como el cuerpo del paracaidista y como el cuerpo del viejo de su amiga, o como Humbertito por dentro, cuando ella le repitió que ya estaba, que habían llegado al final de su historia, que no había nada que explicar.

'Miéééchica', dice Laura.

Andrea dispara de nuevo y estalla una segunda botella. Es el pasado, piensa ella. Es lo que no se puede ver, lo que había y ya no hay.

Mira a Nicole.

'Todavía falta una', dice su hermana.

'¿Qué me das si le doy?'

'Un empate en esta ronda.'

'¿Y un seco?'

'Si quieres. Pero si no le das, secas tú.'

Andrea cierra un ojo y vuelve a concentrarse.

La pistola le tiembla un poquito. La tercera botella se triza.

'¡Cagaste, Nicoleeeta!', dice Laura.

Nicole, sin esfuerzo, vacía su lata de dos sorbos.

Unos segundos después la cuarta botella se rompe y el disparo se queda resonando en el aire. Andrea celebra con un bailecito extraño. Hace tiempo no se siente tan en paz con lo que tiene alrededor, tan en sintonía con la vida. Es también porque ya está chispa, aunque tampoco puede estarlo tanto para haber achuntado cuatro veces seguidas.

Se acerca a Nicole a abrazarla.

'Una a una, ahora desempate', dice su hermana.

'Esta chancha se está derritiendo y necesita piscinita', dice Laura.

'¿Sí o qué?', insiste Nicole.

Andrea se ha aprendido la letra y canta a todo pulmón en el viejo convertible rojo, unas horas después. "Vos que andás diciendo que hay mejores y peores… vos que andás diciendo qué se debe hacer… Escucha lo que canto… Pero no confundir, es de paz lo que canto…" Laura y Nicole se matan de la risa oyéndola en ese tono medio rapeado. "Qué me hablás de privilegios, de una raza soberana… Superiores, inferiores, minga de poder… Cómo se te ocurre que unos son elegidos y otros son para el descarte… Ambiciones de poder." Luego, cuando llega el coro, las otras dos se unen gritando como desquiciadas. "¡Mal bicho!… todos te dicen que sos… ¡mal bicho! Así es como te ves… ¡mal bicho!, ¡mal bicho!, ¡mal bicho!" Y al final: "¡Digo no!, ¡digo no!, ¡digo no!, ¡digo no!, ¡digo no!"

Dejan a Nicole en casa antes de ir al supermercado a hacer las compras para la fiesta. ¿Es posible que Andrea y su hermana puedan acercarse en serio a partir de ahora? ¿Ya un poco está sucediendo? ¿Qué hacía falta? ¿Pasar horas juntas como hoy o como los últimos días, asoleándose al lado de la piscina? ¿Ir al club a disparar como hacían de vez en cuando con su viejo? ¿Habrían podido si no estaba Laura en medio, animándolo todo pero también relajando los miramientos y la competencia y la tensión?

'No te olvides de guardar la pistola', le dice Andrea cuando llegan.

'Sí, *no worries*', responde Nicole.

Besa a Laura en la mejilla mientras se baja del auto. A ella, a la que no puede alcanzar desde afuera, le ofrece la mano. En lugar de tomarla, Andrea le da un lapo juguetón.

Nadie recuerda de dónde viene el apodo de la Brujita. Es posible que en Segundo o Tercero Básico llegara alguna vez disfrazada así a clase.

'¡No mires a la cámara!', le grita Ladislao por quinta o sexta vez, en la plaza Colón, ahí mismo donde hace no mucho estuvo metido en la fuente con Joan.

'¡No estoy mirando!', responde ella y se ríe. 'No digas que estoy mirando porque no lo estoy.' Mientras dice todo eso mira a la cámara.

'Esta cámara no existe', insiste Ladislao.

'Existe', dice ella y vuelve a reírse. 'Ya, vamos de nuevo.'

Julián está a un costado, cuidando las mochilas. A la Brujita le cuesta seguir instrucciones pero su cabello medio sucio y su sonrisa enigmática ayudan.

'Ahora, sin mirar a la cámara, levantá el letrero y haz que lo vea la gente', dice Ladislao. Ella hace lo que le pide y, aunque la plaza Colón está más o menos vacía, dos o tres viejos se detienen a leerlo. También miran a la cámara.

Ladislao no deja de filmar, como si estuviera haciendo una película de horas y no un video de menos de tres minutos. Lo inquieta que todo se vea de tan baja calidad pero es imposible hacer algo distinto sin equipo profesional. Además ha decidido recorrer en serio el camino de Mekas, que también hace sus pelis con una camarita casera. Sus tomas suelen estar desenfocadas o sobreexpuestas o movidas y a él nada de eso parece preocuparle, así que Ladislao tampoco va a prestarles demasiada atención.

'Ya, ¿no?', dice Julián en algún momento.

'Sí, Ladi, ya hemos hecho no sé cuántas tomas de esto', dice la Brujita.

Paran cinco minutos después, tras un último intento.

'Quiero cambiarme', dice ella entonces. 'Esta falda me está incomodando.'

'Lo que prefieras', dice Ladislao. 'Pero luego, cuando hagamos las demás escenas, tienes que estar con la misma ropa. Por una cuestión de continuidad.'

'Ya no quiero usar esta falda.'

'Era que digas antes, Brujita.'

'No aguanto, Ladi. Prefiero salir con pantalón.'

Ladislao entiende por su tono que no habrá manera de convencerla. Es un contratiempo menor al lado de no haber conseguido un solo actor. Al final tuvieron que hacerlo todo a la rápida, porque Julián recobró las ganas y él y los otros se pusieron intransigentes. Quieren dar un concierto en la fiesta en casa de Andrea y estrenar el video entonces. Eso los ha vuelto sordos a todo lo que intentó explicarles Ladislao, incluido el hecho de que todavía no lo convencía del todo ninguna de las ideas en las que había pensado. Lo único que tenía claro es que no quería que aparecieran nada más los del grupo tocando. Por eso, y por una testarudez que lo enorgullece, pero también porque a ellos les encantó, se decidió al fin por la historia de la chica. Dadas las limitaciones de producción, aparte de la escena con el grupo el asunto se reducirá ahora a verla a ella en la calle y luego ayudando a Joan, que además de la Brujita es la única que ha aceptado darles una mano a último momento.

El intercambio inicial con la profesora funciona bien. Apenas terminan de filmarlo van a la casa de Juancho para hacer las escenas en las que la Brujita cambia focos y cuelga cuadros y riega las flores del jardín ante la mirada atenta de la extranjera que interpreta Joan. ¿Si es otra mujer la que la contrata resulta menos machista? ¿Pero por qué la habría contratado para hacer tareas tan sencillas? Sin habérselo propuesto, ¿Ladislao está retratando a los gringos y sus ansias de dominio? ¿De eso trata en verdad el video?

Xavi llega cuando Joan se está yendo.

'¿Quién es esa?', le pregunta a Julián.

'Nuestra nueva profe de inglés.'

'¿Es gringa?'

'Gringa, sí. En su clase nos hace ladrar como perros.'

'¿En serio? ¿Así literal?'

'Joda, ¿no? A veces también nos hace tapar los ojos.'

'Qué loca de mierda', dice Xavi.

'Ya alístense de una vez', los interrumpe Ladislao.

'Pero mejor en el cuarto de ensayo. ¿Acaso no era ese el plan?'

Ahí filman la última escena del video. La Brujita está agotada y sigue las órdenes a media máquina después de tantas horas de rodaje.

'Tienes que parecer alegre. Como si estuvieras viendo a tu grupo favorito.'

'Es lo que estoy haciendo.'

'Se tiene que notar más, Brujita. Aplaudí, saltá. Cantá la canción.'

'¡Es lo que estoy haciendo!'

'A ver, probemos de nuevo. Denle cuando quieran.'

El grupo empieza a tocar. Ellos sí se sacuden como si tuvieran a cuarenta mil personas enfrente. La Brujita, en cambio, mueve el cuerpo sin ganas. Cuando termina la canción les dice que a las siete y media tiene una cena familiar.

'¿Podemos darle una última?'

'Estoy muerta, Ladi.'

'Bueno', acepta él a regañadientes y anuncia el fin del rodaje.

Los otros silban y se abrazan y Juancho le da unos batacazos a su batería.

Horas después, en una plazuela a la que van a veces, Ladislao les dice que mejor no esperen demasiado del video, es bastante probable que todo haya sido un grandísimo error.

'Lo del ensayo salió una maravilla', dice Xavi.

'Sea lo que sea va a estar genial', dice Julián.

Toman vino de caja, que mezclan con Fanta para hacer tolerable el sabor.

'Ahora seco, mierdas, por nuestro primer video', dice Juancho.

'¿Y los anteriores qué?', dice Xavi.

'Este tiene historia y todo', responde el otro y levanta su vaso y lo vacía de un trago. 'Su turno, señoritas. Nos vemos en el fondo.'

Los tres vacían sus vasos.

'¿Qué iba a hacer la Lili?'

'Se estaba largando a una *rave*. Si quieren podemos caer.'

'Si es la de Apote yo me anoto', dice Juancho. 'Eso va a ser reventada.'

'¿Qué dices?', le pregunta Julián a Ladislao.

'Estoy hecho mierda.'

'No seas cojudo, Ladi. Vamos a celebrar.'

'Vamos a ver culitos', dice Juancho mientras recolecta sus vasos, los pone en el pretil de la acera y los llena. Ya no hay Fanta, se los devuelve con puro vino.

'Qué asco', dice Xavi tras vaciar el suyo. Los otros hacen lo mismo.

'Ahora sí a ver culitos', insiste Juancho.

'¿En serio no te anotas?', le vuelve a preguntar Julián.

'Negativo', dice Ladislao. Pero en lugar de volver a casa llama a Joan desde una cabina pública. Ella sabe que ha sido un día importante para él, el día en el que filmó su primer video en serio, ese que ella considera problemático y que tantos dilemas le ha ocasionado a él, así que está especialmente cariñosa. Le dice que vaya y, apenas llega, lo hace ducharse y le prepara un sándwich y le ofrece una cerveza, si es que puede seguir tomando, a Joan verlo borracho le ha hecho dar ganas de emborracharse también.

La velocidad del amor, piensa Ladislao al rato, unos fugaces y otros lentos, unos instantáneos, otros para siempre. Están en su sofá y él le acaricia los pies. En la tele Winona Ryder es una mujer del siglo dieciocho que baila vals. Después de un rato Joan se levanta y va a la cocina por dos cervezas más.

'Fue lindo mirarte dirigir hoy. Te pude imaginar de grande, te pude ver en el futuro', dice. En la pantalla, vestida de manera ampulosa, Winona Ryder camina a solas por los jardines de un palacio. Está vacía por dentro, desesperada, infeliz. '¿Quedaste contento?'

'Con algunas cosas sí, con la mayoría no.'

'Igual tienes que ir con calma.'

'….'

'Así es siempre, Ladislao. Paso a paso.'

'Sí, yo sé.'

Pero apenas lo dice se da cuenta de que en verdad no sabe nada. ¿Ver es algo que en verdad se puede aprender, o algunos nacen con esa capacidad? ¿El hecho de que él siempre se haga preguntas significa que está bien encaminado? Ahí por ejemplo, en la sala de Joan, ¿qué hay en la superficie y.qué hay debajo y qué vería alguien que sabe ver y qué vería alguien que no sabe o que apenas está aprendiendo? ¿Él cómo filmaría la escena si tuviera que filmarla?

Y más allá de la cámara y más allá de todo, ¿cuándo le dirá que pocos tienen la fortuna de encontrar a su persona perfecta y que él es uno de ellos y que está dispuesto a seguirla a San Francisco o a cualquier otra parte apenas decida irse de Cocha, que en San Francisco o en cualquier otra parte no habría la necesidad de ocultarle nada a nadie, que nunca antes ha sido tan feliz? ¿Y cuándo le dirá que haberla encontrado lo ha hecho mutar, que ahora ha empezado a pensarlo todo diferente, que con ninguna otra persona hubiera llegado a eso ni en nueve siglos? ¿Y cuándo le dirá que su diferencia de edad tampoco es mucha, y que está cada vez más preparado para enfrentarse a ese futuro en el que ella lo ha visto más temprano, ese futuro al que ella no quiere ir pero él sí? ¿Y cuándo le dirá que se siente listo para hacerle el amor, para hacerle el amor de verdad?

Como si fuera capaz de oírlo pensar, después de que fuman juntos el último porro de su bolsita, ella lo lleva de su mano al cuarto. La primera vez Ladislao termina casi de inmediato, la segunda tarda más. Hay incluso una tercera, esa sí bastante más larga, una hora después. Quiere prestarle atención a cada sensación, guardar cada detalle, pero el cansancio y el alcohol y la hierba no ayudan. Luego ambos se quedan dormidos sin querer.

Ladislao despierta asustado a las cinco de la madrugada. Demora en darse cuenta dónde está. Busca su cámara y la filma en medio de la oscuridad, su cabello desparramado sobre la almohada, el hilo de saliva que se desprende de su boca entreabierta. Después recoge su ropa y sale a vestirse a la sala.

En la América da saltitos y en algún momento se descubre silbando "Soul to Squeeze". Las canciones de los Peppers celebran la vida, no la niegan o denigran. Julián siempre dice que ya estamos muertos aunque no se nos note todavía, que somos como esos bichos que siguen moviéndose después de que los pisotean, solo que a nosotros nos dura décadas. Ladislao nunca ha estado de acuerdo. En la América, a las cinco y diez de esa madrugada, lo está menos aún.

El lunes su amigo le cuenta que la noche del rodaje probaron ácido, que Juancho terminó dormido a un costado del galpón donde sucedía la *rave* y que se vomitó entero en el auto de Xavi, cuando volvían a la ciudad. Todavía era campo donde pararon para que se sacara la polera y, si podía, para que siguiera vomitando, esta vez fuera del auto. Mientras Xavi y Lili lo ayudaban, Julián vio a lo lejos una vaca. Según él era la misma a la que había apedreado semanas atrás. Estaba sola en medio de una gran llanura y el reflejo de la luna aligeraba la oscuridad que había a su alrededor. Llegó a su lado y se aseguró de que era ella antes de acercarse a abrazarla y pedirle perdón. Así lo encontró Xavi.

'No me acuerdo de casi nada', confiesa Julián. Están en el segundo recreo, al principio de una semana que también debería ser importante, porque Ladislao editará el video y lo estrenará el viernes en la fiesta en casa de Andrea, si es que Laura finalmente llega de visita. 'Solo de la vaca que me decía que ya no me llene la boca de animal muerto. Esas palabras usaba, y me las decía con voz de vaca. Muuu, deja de llenarte la boca de animal muerto, muuu.'

Entre risas Julián le cuenta también que al día siguiente, cuando despertó a eso de las cuatro de la tarde, sintió una paz inexplicable, sin fisuras ni amenazas, sublime. Ladislao entiende de qué habla su amigo porque él sintió algo parecido al lado de Joan esa noche. Pero no dice nada sobre ella ni sobre el sexo o la ducha, ni sobre el sándwich y las cervezas y la marihuana, ni sobre esa intimidad tan honda y hermosa que ha empezado a compartir con su profesora.

'¿Y ahora qué? ¿Sigues liberado?'

'Yo diría que sí.'

'¿Fue el ácido… o la pedida de perdón a la vaca?'

Julián no lo sabe, no puede saberlo, si ni siquiera se acuerda.

Suena el timbre entonces. Se levantan y se sacuden la tierra de los pantalones del uniforme y caminan de regreso al edificio. A lo lejos, cargándolas sin ayuda, el guardia del colegio mueve unas piedras enormes.

4

Houston

Ya son casi las siete y el segundo bar al que hemos venido a parar está lleno de hípsters. Todo se ve pulcro y en su lugar, menos nosotros, que no somos de aquí ni nunca lo seremos. O quizá ella sí, porque lleva en Estados Unidos más tiempo del que pasó en Bolivia, y porque también atravesó pedazos importantes de su vida a este lado de la frontera más visible.

Estamos sentados al lado de un ventanal que da a una callecita poco transitada. La que llamo Andrea ha saltado al whisky, yo prefiero insistir con el mezcal. Ahora lo tomo solo, dado que tengo el estómago malo y es menos dañino así. El alcohol ya nos ha desordenado por dentro.

Me dice, luego de un buen rato en el que nos limitamos a mirar por el ventanal: Al final yo provoqué todo pero fueron otros a los que les tocó la peor parte. Es jodido cuánto termina interfiriendo tu vida en la vida de los demás, para bien y para mal. Pero nadie parece darse cuenta. Nadie asume la responsabilidad. Me dice: Ya no importa que mi historia se sepa, si es que no se sabe ya. El aborto tuvo poco que ver y tuvo mucho que ver, las dos cosas al mismo tiempo. Asumo que lo tienes claro por lo que leí. Me dice: Al menos doscientas mujeres abortan al día en Bolivia, la mayoría en condiciones horribles, y a nadie le importa. Me dice: Cuando supe que estaba embarazada lo primero que hice yo fue volver a mi casa a llorar las veinte horas siguientes, y luego todo fue bastante más caótico y difícil que en tu novela. Ojalá hubiera existido al menos el tal doctor

Angulo. Me dice: En cualquier caso, me alegra que el personaje no dude un segundo, que lo haga y ya. Yo me deprimí y me puse mal físicamente, y en algún momento le pedí ayuda a la que llamas Rigo. Ella me cuidó y me hizo mates y no sé qué jugos, y al final mi hermana también se enteró. Me dice: Me gusta mucho que las hermanas se acerquen, que reconozcan el cariño que se tienen, pero para nosotras eso nunca sucedió. Mi hermana vive en Berlín ahora y se ha cambiado de nombre y tiene la cabeza rapada y el cuerpo musculoso y lleno de tatuajes. La vi después de no sé cuántos años, cuando se murió mi viejo, y esa fue la última vez. Me dice: Mis viejos hicieron lo que pudieron, los juzgo menos que la que llamas Andrea a los suyos. Con lo de la casa y con lo que nos pasó a nosotras, ese marzo asqueroso fue también el inicio de la debacle financiera de mi familia. Me dice: Esto quizá te suene estúpido, pero son nuestros viejos los que nos entrenan para sentir que merecemos ser amados o para lo contrario, para tolerar ser abusados o no, para esperar mucho o poco. Ese es su legado más grande. Y la mayoría lo hace pésimo. Por eso el mundo es una porquería. Me dice: En verdad tu historia no es mi historia, la que llamas Andrea y yo casi no nos parecemos.

'El que llamo Julián y yo tampoco.'

'Entonces quizá deberías hacer que se parezcan.'

'Es mejor así. Es mejor que los personajes sean personajes nada más.'

'¿Por qué te interesaba mi opinión entonces?'

'Oye, no fui yo el que te buscó.'

'¿Tú no me hubieras dicho nada?'

'No. Y de haberlo intentado, tampoco hubiera logrado encontrarte.'

Mientras lo digo pienso que el único que hubiera querido que leyera la novela, el único al que se la hubiera mandado, es al que llamo Ladislao. Es incluso posible que la estuviera escribiendo con el propósito de arrancarle unas cuantas risas, de hacerlo viajar hacia atrás.

De vez en cuando todavía le mandaba cosas que escribía, y de vez en cuando él me mandaba videos que grababa con su teléfono (varias palomas picoteando a una sola hasta matarla, un hombre sin brazos ni piernas que se arrastra en medio de una acera transitada), y también fotos o incluso poemas. Pero todo eso era eventual, porque sus trabajos lo tenían agobiado y, sobre todo, según me parecía a mí, porque había perdido interés.

A lo largo de los años, en innumerables ciudades gringas, el que llamo Ladislao fue muchas cosas, entre ellas barista y sereno y gaffer y lavaplatos y chofer, y en las peores épocas vivió en su auto, o incluso en la calle cuando lo perdió. Desaparecía entonces, rompía todo contacto hasta el siguiente correo o llamada, que demoraron tres años en llegar en la ausencia más larga. A pesar de todo, cuando hablábamos siempre terminaba mencionando algún nuevo proyecto. Se refería a ellos como si estuvieran a punto de concretarse. Decía que igual no había prisa, que era la paciencia lo que distinguía a los más grandes, que sin ir lejos Mekas había hecho su primer largo a los cuarenta. Decía también que la vida lo había distraído y que la vida era una mierda y que la vida era maravillosa y daba angustia y miedo y felicidad, que todo eso iba de la mano, y que él se sentía cada vez más preparado, a pesar del escepticismo que también estaba ahí, el escepticismo y la voz esa que oímos todos los que nos dedicamos a labores prescindibles.

La última vez que lo vi fue hace ocho años, uno después de que me viniera a Estados Unidos, en mi tercer semestre de doctorado. Apareció en Ítaca y se alojó en mi cuarto y pasamos el fin de semana caminando como habíamos caminado tanto antes, emborrachándonos como nos habíamos emborrachado tanto antes. Conservaba el cuerpo adolescente y todavía tenía el cabello largo, pero se estaba quedando calvo y esa combinación siempre resulta un poco triste. En su auto, en ese auto que no mucho después perdería, cabían todas sus pertenencias, incluida su cámara de la época de colegio. Acababa de pasar unas semanas en Buffalo por un trabajo del que prefirió no decir mucho y ahora, después de visitarme y también de ir a visitar a su viejo a New Rochelle, tenía la intención de volver a la Costa Oeste, donde se sentía más a gusto. Yo, por mi parte, andaba abrumado con el nivel de exigencia de la universidad y con la certidumbre de que llevaba casi un año sin escribir nada que no fueran los ensayos para las clases. Quizá por eso los de su visita son días borrosos. En mi diario solo escribí una entrada breve, que ya me sé de memoria y en la que ahora prefiero usar su nombre falso: "Vino Ladi. No lo veía ¿hace cuánto? Dice que ya ha visto el lado más luminoso de todo. Dice también que va a darse una nueva oportunidad". Lo que más recuerdo es la despedida. Le regalé un par de libros y ofrecí prestarle plata y él respondió que si algún rato necesitaba mi ayuda me la iba a pedir pero que por lo pronto estaba más que bien, que era feliz y que no me apiadara de él, que esa era la vida que había elegido y no quería ninguna otra. Vestía la misma ropa con la que había llegado, y todo parecía indicar lo contrario, pero me obligué a creerle y me convencí de que esa era solo una etapa en su vida, de que estaba acumulando experiencia y de que todas las decisiones que venía tomando desembocarían algún día en algo importante. Más allá de que mantuviéramos poco contacto, seguíamos siendo mejores amigos. Conocíamos bien el rostro verdadero del otro y eso une para siempre.

La que llamo Andrea vacía su vaso. Yo hago lo mismo con el mío y me levanto y le digo que voy por más. Que la señora de los lentes oscuros y el señor enmudecido aprovechen las horas de compañía que les quedan. Que se dejen ir un rato, al menos él, tan encorsetado en sus costumbres y manías, en su hábito incomprensible de pasar las mejores horas de su día delante de una pantalla, juntando esas palabras que fuera de la pantalla no sabe usar. Algo me dice la que llamo Andrea pero sigo caminando hacia la barra, donde pido una nueva ronda de lo mismo. Por el espejo enorme que tengo enfrente la veo a mis espaldas. Saca su teléfono del bolsillo y aprovecha para revisarlo y lo mismo hacen, concentradas y ausentes, las tres amigas que están en la mesa de al lado.

Demoro unos minutos en volver con los tragos. La que llamo Andrea teclea unas últimas palabras en su teléfono antes de guardarlo.

'Parece que alguien ya anda encendido.'

'No sé quién pueda ser.'

'No te molesta que sea honesta, ¿no?'

'¿Con lo de la novela?'

'Sí.'

'Todo lo contario.'

'...'

'Y me alegra saber que las cosas fueron distintas, que lo mío tiene poco que ver con lo tuyo. Que hay una distancia insalvable entre la vida y la literatura.'

'No es lo que vas diciendo por ahí.'

'Esa distancia es menor en los libros de los grandes escritores.'

La que llamo Andrea se queda callada.

'No creas que no quiero ser capaz algún día de llegar mejor a la vida con mis libros', sigo yo. 'Pero no pienso que sea posible antes de los cuarenta. Eso demoramos en empezar a ver la vida en serio.'

'...'

'Es como cuando llegas a una nueva ciudad. Los primeros días te quedas con lo obvio, con lo que todos los demás ven, con lo que les han dicho que tienen que ver. En la vida tardas cuarenta años en pasar por alto lo más aparente. Cuarenta años es lo que tardas en quitarte la venda, en abrir los ojos al fin.'

Quiero añadir que eso está muy vinculado a la cantidad de muerte que has presenciado, y que si tu madre y tu padre están entre los muertos la posibilidad de escribir libros más verdaderos es mayor. Pero ya no digo nada.

'Sí, parece que alguien se está emborrachando', dice ella. Dice también, antes de secar su whisky: 'Me estás dejando atrás y no lo voy a permitir'.

Se levanta y va a la barra. Ahí la veo riéndose con la mujer que prepara los tragos. La otra le señala sus lentes oscuros y ella dice algo que vuelve a hacerlas reír. Todo se mueve y se ablanda y destiñe y yo todavía no me he animado a decir nada sobre esos lentes, sobre el hecho de que no se los haya quitado ni una sola vez desde que nos encontramos. Sé qué significa y no quiero saber y no puedo no saber. La que llamo Andrea anota en su teléfono algo que le dicta la barista. Me hago el desentendido y miro por el ventanal. Todo tiembla y se aligera y deja de importar, al menos un poquito. Quizá no es tan grave que las cosas no duren ni que la belleza sea fácil de ensuciar. Quizá no es tan grave que a menudo terminemos dándole la espalda a quienes más amamos.

Ella vuelve a la mesa con los tragos. Yo todavía no he tomado el que ya tenía, así que ahora tengo dos.

'Empezá a preguntar', la oigo decir.

Ya nos podemos permitir pensar y decir algunas cosas, el que llamo Ladislao ya está aquí entre nosotros. Preguntas sobre él tengo miles. Pero la que llamo Andrea me ha dicho en alguna de las llamadas del último mes que es el único del curso del que no tiene información, que yo debo ser el que más sabe sobre él. Al parecer vivía lo más lejos posible de la vida como la conocemos ahora. No tenía tarjetas de crédito ni cuenta bancaria, evitaba las redes sociales, usaba poco internet. Eso para empezar, pero la que llamo Andrea dijo en alguna de esas llamadas que ella creía que el asunto era aún más radical, que nunca había tramitado la residencia ni pagado impuestos, que no tenía contratos de alquiler a su nombre, que si usaba celular debía ser uno de prepago. Voy lanzando preguntas y ellas las responde cada vez más intensa y borracha. Me dice: Ya casi no pienso en ese marzo asqueroso. Durante años era lo único en lo que pensaba, lo único que siempre estaba ahí, pero hace tiempo ya no. Me dice: Mi viejo nunca dejó de sentirse culpable y yo creo que eso lo tuvo deprimido mucho tiempo, aunque él mismo lo negara. Al final dejó de tomar y se volvió evangelista, y mi vieja lo mismo. Me dice: Evangelistas hay varios. Los dos de tu grupo, esos para empezar. De rockeros a músicos de iglesia, es tan absurdo que parece chiste. Me dice: La que llamas Alicia también es evangelista, y la que llamas Luisa. Evangelistas que jalan coca de vez en cuando. Me dice: Tú y la que llamas Luisa hubieran podido ser felices juntos, más felices de lo que ninguno de los dos terminó siendo en sus matrimonios. Me dice: Qué *heavy* que en una charla casual te empiecen a hablar de Jesucristo y de la salvación. Así era mi viejo antes de morirse y así sigue siendo mi vieja. Me dice: El que llamas Andrade tiene tres hijos y un matrimonio tranquilo pero es el más gay de todos. Una vez lo vi chupándole la pija al que llamas Robinson en el techo del cole. Yo me subía ahí a fumar. Me dice: Siguen siendo muy amigos pero no me consta que todavía se chupen las pijas. Me dice: La esposa del que llamas Andrade hace varios años es amante del que llamas Mario. No sé cuándo lo habrás visto a él por última vez, te sorprendería lo panzón y descuidado que está. El galán de nuestra generación ahora es cualquier cosa. Pero todavía le va bien, con la esposa de su amigo sin ir lejos. Ya sabes, hazte de fama y échate en cama. Me dice: El que llamas Mario está obsesionado con el sexo y todo el tiempo les manda a sus amigos videos y fotos de las mujeres con las que culea. Tiene un arsenal de juguetes sexuales. Una vez usó uno mal y le hizo orinar sangre a una tipa. A otra no sabía cómo quitarle unas pelotas que le metió en el culo. Hay evidencia abundante, por si quieres darle una mirada. Me dice: El que llamas Benito ahora se llama Sara y tiene tetas y se ha hecho quitar la pija. Todos nos hemos transformado pero él se ha transformado más. Me dice: Decirte estas cosas me está haciendo bien. Me dice: No pareces escandalizado por nada. Quiero escandalizarte y no sé cómo. Me dice: Mi hermana es lesbiana. Yo un poco también, a veces. Me dice: Los hombres son un pedazo de caca. Me dice: Al profe de Historia, que era tan buen tipo, lo acusaron de abusar a tres estudiantes, entre ellas a la que llamas Mariana chica. No tenían más de catorce años cuando sucedió, y las acallaron. Me dice: Aunque no quieras verlo, la gringa también abusó del que llamas Ladislao. Que él creyera que estaba en control, o que se sintiera muy machito, no lo hace menos víctima. Que la víctima sonría no la hace menos víctima. Que la víctima no se crea víctima no la hace menos víctima. Me dice: Esa es una de las cosas que te cambian la vida, si te culean a la fuerza treinta años después todavía vas a sentir las consecuencias. Así de frágiles somos, así de vulnerables. Un solo hecho, unos minutos, pueden ensuciarnos para siempre. Me dice: Los que están sucios quieren ensuciar a los demás, eso es lo único que quieren. Me dice: En persona te ves más deteriorado que en las fotos, menos en paz contigo mismo. Tienes demasiada culpa y quieres que te perdonen y eso es lo que más veo en tu novela, aunque te esfuerces tanto por ocultarlo. Me dice: La culpa está hecha de la misma basura que la memoria, ninguna de las dos sirve. Me dice: A mí puedes incluirme o dejarme fuera, me da lo mismo. Y si quieres grabame, o tomá apuntes, lo que sea. Me dice: Todo siempre termina atado a todo. Me dice: Sin la fiesta de curso nuestras vidas hubieran sido otra cosa. Me dice: Ya no me jode pensarlo. Me dice: Estoy aquí por si me necesitas, vine a Houston solo por eso, y también para darte un abrazo.

Al pararse para dármelo hace caer su vaso. El vidrio se rompe y algunos de los hípsters se voltean a mirarnos. Muy pronto viene un empleado a barrer y limpiar. Nos disculpamos y él repite varias veces que no nos preocupemos, que pasa siempre. El intercambio sucede en español, el idioma que más uso en esta ciudad, el idioma que decenas de millones más usamos en este país. Apenas se va, ella se sienta a mi lado y me abraza. Es el abrazo que no nos dimos al vernos pero solo dura segundos. Luego la que llamo Andrea se va a pedir otro trago. La mujer de la barra se niega a servirle esta vez. Lo que hace más bien es darle la cuenta y devolverle la tarjeta. Su discusión se acalora en segundos. No puedo oírlas desde aquí pero sí las veo mover las manos en el aire.

La que llamo Andrea vuelve enfurecida a buscar su cartera y a decirme que en esta pocilga no se queda ni un minuto más. Luego, no sé si queriendo o sin querer, golpea la mesa al pasar y los demás vasos se estrellan contra el suelo y se rompen. La mujer de la barra nos mira ya sin decir nada.

No para de reírse mientras nos alejamos por una de las callecitas del barrio. Ni siquiera para cuando se tropieza en una acera mal hecha y se rasmilla una mano. La ayudo a ponerse de pie y le digo que busquemos una farmacia para limpiar la herida. Ella sigue riendo y varias cuadras más allá, sin constatar que la sigo, se mete en un nuevo bar.

Son cerca de las ocho y se ha puesto más frío aún. No parece Houston pero lo es o debe serlo. Mi teléfono empieza a vibrar justo cuando estoy por entrar. Es mi esposa, que acaba de terminar su segunda clase del día y ahora vuelve a casa. Le digo que sigo con la que llamo Andrea, que todavía le quedan un par de horas en la ciudad. Mi esposa me pregunta si lo andamos pasando bien y hace una broma cuando se da cuenta de que estoy borracho. Le digo que la veo luego, que cene sin mí. Ella vuelve a preguntar si lo andamos pasando bien, si ha sido un lindo reencuentro. Le digo que le cuento más tarde.

Ocho meses después de empezar a escribir la novela sonó mi teléfono con la noticia. Llamaba uno de mis hermanos, que acababa de enterarse. Unos minutos después llamó el otro, que acababa de enterarse también. Es posible que algo así no tuviera ninguna incidencia, pero dos semanas antes el que llamo Ladislao me había escrito pidiéndome que por favor lo pusiera en contacto con algunos editores a los que pudiera interesarles publicar un libro con sus fotos, al fin se sentía preparado para compartir su trabajo. Era un pedido repentino y más bien inusual. Debajo del brote de entusiasmo había vergüenza y también algo parecido a la desesperación, pero yo solo vi el brote de entusiasmo, no lo que había debajo. Le dije que no estaba seguro a quién podía contactar, que me dejara preguntar por ahí, que mientras tanto me enviara una descripción del proyecto y un portafolio con las mejores imágenes. Solo así lo tomarían en serio, le dije en ese correo que terminó siendo más condescendiente y mezquino de lo que debía. El que llamo Ladislao ya no respondió y, aunque en las semanas siguientes lo tuviera todo el tiempo en mi cabeza, yo tampoco volví a escribirle. Dejé que el asunto se desvaneciera en medio de la maraña de los días, hasta que él me enviara los materiales que le había pedido. Aunque el talento siguiera ahí, lo cierto es que a esas alturas lo suyo era más bien amateur. Al menos eso me decía para justificarme, al menos eso me dije hasta que recibí las llamadas de mis hermanos.

Después apagué el teléfono y dejé de revisar mi correo los dos meses siguientes. Me tomó uno más salir de la casa a cualquier lugar que no fuera la tienda donde compraba el cereal y la leche con la que me alimenté ese tiempo. Era verano y mi esposa tenía agendados varios congresos académicos y una residencia de investigación, así que solo atestiguó la dimensión del daño cuando volvió para quedarse y no en las dos o tres veces que pasó por casa unos días. Por entonces hacía tiempo que ya no estábamos en nuestro mejor momento (todavía nos resultaba difícil aceptar lo que ocultaban los disfraces que nos habíamos arrancado el uno al otro, pero además ahora nos movíamos por la vida a velocidades diferentes, buscando formas de la felicidad que no siempre se correspondían), y la relación se deterioró aún más cuando me encontró así de afantasmado y disminuido y lejos. En alguna medida se lo atribuía a sí misma y se le metió a la cabeza que debíamos salir con otra gente, que viéramos si eso nos devolvía la alegría y las ganas de estar juntos, o si nos convencía de que ya no éramos una buena idea. Mientras tanto, para no terminar de dilapidar mis ahorros y para estar menos solo, yo retomé los talleres de escritura que había abandonado tras recibir la noticia, y de a poco también volví a la novela. La visita de la que llamo Andrea ha vuelto a removerlo todo y noto los ojos de nuevo aguados. Me los restriego después de sacarme los lentes y me digo que es por el frío y quizá es por el frío. La relación con mi esposa, por lo demás, sigue mal. Cuando alguien se está ahogando quien intenta salvarlo a veces termina hundiéndolo más, y termina hundiéndose a su lado. A los ahogados hay que dejarlos ahogarse y a los débiles huir, aunque huir no sea posible.

Apenas entro al bar y encuentro a la que llamo Andrea acodada en la barra, apenas me siento a su lado y ella entrechoca el vaso de whisky que se ha pedido con el vaso de mezcal que me ha pedido a mí, apenas vuelve a soltar una risotada que le dura varios segundos, esto es lo que me dice: No nos volvemos mejores con el tiempo, eso es mentira. Pero también es mentira pensar que éramos mejores antes. Ni lo uno ni lo otro. Y no importa si no lo entiendes porque yo tampoco lo entiendo. Me dice: Las segundas oportunidades solo existen en las películas de cuarta o quinta. Me dice: Solo nosotros nos vemos a nosotros mismos. Los que vendrán luego no nos verán, no sabrán ni mierda de nosotros. Me dice: Los lugares duran más pero al final también desaparecen. Me dice: Es mentira pensar que éramos mejores. No es un asunto de mejores o peores, es un asunto de cosas que se rompen, de vidas que se transforman o se acaban de un segundo a otro y para siempre.

'Qué vergas estamos', es lo que único que se me ocurre decir.

'Yo estoy intacta', responde la que llamo Andrea.

'Definí intacta', digo yo.

Me pregunta entonces si sé dónde conseguir coca. Le digo que ni idea y ella dice que unas rayas no están mal de vez en cuando, que cada tanto se las permite aunque antes insinuara que no, que la vida es demasiado corta para ser tan ovejas. 'Porque nos hemos vuelto ovejas', dice, 'no sé si te has dado cuenta pero eso somos ahora, ovejas idiotas.' Luego vuelve a entrechocar su vaso contra el mío, tan fuerte que parecería que los quiere trizar.

Nunca antes había estado en este lugar. Se ve más de barrio que los bares anteriores y los parroquianos tienen un aire de haber estado sentados en sus sillas desde siempre. La mesa más ruidosa es de un grupo de asiáticas cincuentonas. Hablan en inglés y una de ellas se para y hace un paso de baile que las demás celebran. La que llamo Andrea se para a mi lado para imitar el paso y lo hace con tanta gracia que las mujeres de la mesa aplauden y silban.

Cuando se sienta le pregunto si no quiere lavarse la mano para evitar que la piel rasmillada se le infecte. Ella responde que no le importa si se le infecta, que no soy su viejo ni su guardián, que la deje tranquila más bien. Unos segundos después añade que está jugando, que no ponga esa cara.

Me dice: Mi hermana sí lo ha borrado todo. La he llamado cien veces desde el entierro de mi viejo y la muy perra no quiere contestar. Me odia con toda su alma y su odio le va a durar para siempre. Me dice: Hasta se ha cambiado de nombre. Me dice: No sé si ya te dije, pero ahora tiene el cuerpo musculoso. Me dice: Necesito coca antes de ir al aeropuerto. Me dice: No nos hemos vuelto mejores, no hemos aprendido nada, no te engañes. Me dice: Qué oveja de mierda cada uno de nosotros, qué ovejas todos. Me dice: En Houston debe haber buena coca. Me dice: Lo estoy pasando increíble. Me dice: Ya vuelvo, voy al baño.

Unas horas después le preparo el sofá de la sala y la ayudo a echarse y ella me abraza, ahora sí más largo, antes de quedarse dormida. Mi esposa sale del cuarto con los ojos entrecerrados por el sueño. No entiende lo que pasa.

'¿No se iba hoy?', pregunta en voz baja.

Hago un gesto que puede significar cualquier cosa. Ya luego le contaré sobre cómo se quedó dormida en el baño del restaurante de ramen al que fuimos a cenar, sobre el vuelo que no iba a alcanzar a tomar, sobre mis dudas de que siquiera tuviera un boleto para ese vuelo, sobre mis dudas de mucho de lo que me dijo a lo largo del día y de la noche.

Con los ojos más cerrados que abiertos, mi esposa se acerca a la que llamo Andrea y le saca los zapatos. Se queda unos segundos mirándola, mirando no sé qué. Luego estira la mano y le saca también los lentes oscuros.

5

La suma incierta

Al final de la tarde Nicole toca su puerta entreabierta y le pasa el inalámbrico.

'¿Quién es?', pregunta Andrea en susurros.

Su hermana hace un gesto de que no sabe.

'¿Aló?'

'Hola, Andreíta, te habla Juan.'

'Hola', dice nada más, porque Nicole se ha quedado parada a un lado.

'Te esperé hoy en el consultorio y nunca llegaste.'

'¿Teníamos cita?'

'Sí. Quería saber cómo estás.'

'Bien, gracias.'

'¿Has seguido el tratamiento?'

'Ya lo estoy por terminar. Mañana, creo.'

Lo que sucedió entre ellos siempre está ahí de fondo, pero desde la llegada de Laura ha interferido poco en su día a día. Solo estuvo embarazada once o doce semanas, y lo supo durante menos de una. Andrea se viene diciendo que el incidente no ha dejado huella, que es la misma de antes, pero cada vez se retracta de inmediato. Sabe que no es ni quiere ser la misma, que ya nunca va a serlo, y que en realidad el incidente la ha liberado de una relación que no la hacía feliz. Ha vuelto a ser una chica que va a desentenderse de todo a fin de año, una chica que tiene la vida por delante para ella sola.

Se cuida de no decir nada comprometedor. Igual Nicole parece distraída. Está mirando las fotos que Andrea tiene pegadas en el escritorio, quizá buscándose. Si pregunta le dirá que su periodo le ha estado dando problemas y que fue al consultorio del doctor Angulo la semana anterior.

'¿Has tenido fiebre?'

'No.'

'¿Alguna molestia física?'

'Nada. ¿Tú cómo estás?'

'¿Cómo dices, Andreíta?'

'Preguntaba que cómo estás tú.'

'Bien, bien. ¿Tus papis no han llegado todavía?'

'Llegan la próxima semana.'

'Bueno. Ya sabes, aquí estoy por si tienes cualquier duda.'

'Gracias.'

Andrea no sabe qué más decir.

'¿La sangre es más o menos como la de tus periodos?', pregunta él.

'Sí. Quizá un poco más. Pero solo un poco. No mucho.'

'¿Y has sentido alguna molestia en el vientre?'

'No.'

'Me gustaría que pases por el consultorio. Puedes ir a cualquier hora el lunes, es solo para constatar que todo está tan bien como parece.'

Hablan unos segundos más y se despiden. Nicole tiene puestos shorts y una solera que deja su vientre al aire. Se echa en la cama sin hacer ninguna pregunta sobre la llamada. Es inusual verla ahí.

'¿Qué haces, sis?'

'¿Sis? ¿Desde cuándo me dices sis?', dice Nicole.

'Desde ahorita.'

'Mmm, no sé qué pensar de eso.'

'¿Vienes a la fiesta?'

'No sé si estoy invitada.'

'Ya te dije. Y es tu casa.'

'Creo que no ando de ánimos.'

'¿Pasó algo?'

'No, todo bien.'

'Bueno, si te dan ganas, ya sabes.'

'Estás linda.'

'Gracias.'

'¿Y Lauri?'

'Alistándose abajo.'

Siente una languidez extraña en Nicole.

'Oye, ¿en serio todo bien?'

'Sí. ¿Por?'

'No sé.'

'*Tudo bem.*'

'¿De verdad?'

'He empezado a extrañar un poco a los viejos. ¿Tú no? La casa se siente vacía. Y hace rato que no llaman ni nada.'

'Rigo me dijo que llamaron ayer', dice Andrea. No es cierto pero oyendo a su hermana se da cuenta de que ella también ha empezado a extrañarlos, y de que es mejor pensar que se han acordado de ellas.

'Ah, ¿sí?'

'Nunca nos encuentran.'

'Quizá sea eso. ¿Vuelven el martes?'

'El miércoles, creo. Podemos ir juntas a buscarlos.'

'¿A qué hora vienen los de tu curso?'

'Ya cualquier rato. Deberías bajar aunque sea al concierto.'

'¿Esta vez sí van a intentar hacer música?'

Nicole sonríe tras decirlo. Viéndola tan apacible, Andrea se pregunta si no le estará pasando algo más. Por un segundo se pregunta si su hermana no se habrá enterado también que está embarazada, o si no habrá abortado recién, unos días después de enterarse. Son preguntas sin ninguna lógica ni fundamento pero aparecen de pronto. Lo más probable es que Nicole incluso siga siendo virgen.

'¿Te ayudo con tu cabello?'

'Bueno.'

'¿Cómo quieres?'

'Acepto sugerencias.'

Se sienta delante del espejo y su hermana se acomoda detrás. Hace no tanto le dejaba trozos de mierda en su cama y ahora la peina. Andrea agradece la gracia con la que sus manos arman una corona.

'Me gusta, me gusta mucho.'

'Pero…'

'Pero… ¿quizá demasiado elegantoso para la ocasión?'

'Sí, tienes razón. Probemos otra cosa.'

Encuentra a Julián vomitando a un costado del jardín de adelante, una de las veces que sale a abrir la puerta. Sus compañeros han ido llegando de a dos o tres.

'Siempre me pasa antes de los conciertos.'

'¿Quieres agua?'

'Estoy bien, choca, no te preocupes.'

'¿A qué hora empiezan a tocar?'

'Que lleguen todos y le damos. Si quieres me encargo de la puerta. Igual voy a quedarme aquí hasta que se me pase.'

'Haciéndole compañía a los arbolitos.'

'Regándolos con mi vómito. No pude aguantarme, lo siento.'

Andrea rodea la casa para llegar al jardín de atrás. Ahí Laura charla con Alicia, el Enano Fernández ayuda a Juancho a ajustar los platillos en su batería, las Marianas acomodan la picadera y Ladislao mueve la televisión, todos debajo de la parte techada. Humbertito no ha llegado todavía. Lo mejor sería que no venga, que la deje disfrutar en paz, sobre todo porque esta es su casa.

'Está linda tu cola, biiitch', le dice Laura.

'Preciosa', dice Alicia. '¿Te ayudamos a cobrar?'

'Sí, porfa.'

'¿Mujeres treinta, hombres cincuenta?'

Les dice que sí y las ve acercarse donde el Enano y Juancho. Se sirve un vaso de ron y Coca. El primer sorbo le sabe repugnante.

Llega Luisa con su nuevo chico, llegan Andrade y Mario y el mierda de Humbertito, llegan la Brujita y Xavi. Media hora después el trago entra bastante más fácil. Andrea lo va tomando a sorbos mientras Ladislao se pone a hablar a un costado del trío de músicos. Todos los demás los rodean excepto Nicole, que tiene la espalda apoyada contra un pilar un poco más atrás.

'En los últimos días hemos hecho un video para una de las mejores canciones de estos', dice Ladislao. 'Quería agradecer a la Brujita por haberse animado a actuar, y también a Joan, nuestra profe. Ojalá les guste cómo quedó.'

Algunos silban y unos cuantos aplauden. Andrea vacía su vaso y siente la modorra. Al otro lado de la ventana de la cocina ve a Rigo lavando platos sin mostrar ningún interés por lo que hacen ellos en el jardín.

Ladislao suelta la cinta del VHS y enciende la cámara que tiene colgada en el cuello y se pone a filmar. Las imágenes del video duran poco y son extrañas y difíciles de entender. En lugar de prestarles atención, Andrea se distrae con las manchitas de vómito que divisa en los botines de Julián. Todos aplauden cuando el video termina y el grupo arranca con su bullicio.

Va por más trago.

'Salud, biiitch', le dice Laura, que también se acerca a la mesa.

'Salud, peeerra', dice ella y se abrazan después de tomar. Tienen los vasos en la mano y las dos derraman un poco sin querer.

'Para la Pachamami.'

'Bien verga ya debe estar la Pachamami.'

'Esta se la dedicamos a Laura, a la que hemos extrañado tanto', dice Julián en el micrófono. 'También a Moisés y a todos los del curso que se han ido de intercambio y que en este mismísimo segundo están no sé dónde.'

'Comiendo la mierda de los gringos', grita Humbertito.

'Ojalá no', dice Julián y empieza una nueva canción, a la que sigue otra. Esa la presenta mirando a Luisa, que se pone nerviosa mientras su nuevo chico no deja de abrazarla por la cintura. 'Esta es para los que se han quedado solos. Para los que no pueden dejar de acordarse de algunas cosas. Para los que siguen amando a fantasmas que ya no los aman.'

Es una canción más lenta que las anteriores y, a diferencia de ellas, está en español. Andrea intenta descifrar la letra pero solo logra oír palabras sueltas. Siente que Humbertito la está mirando y no le devuelve la mirada. El amodorramiento empieza a transformarse en desafío y valentía, hacia él pero sobre todo hacia la vida. Es como si les estuviera diciendo que no les tiene miedo, que no va agachar la cabeza nunca más.

Vacía su nuevo vaso de un sorbo.

'¿Segundito?', pregunta Laura.

'Tercerito', dice ella, 'o cuarto. ¿Tú?'

'Primerito, biiitch. Pero ya te alcanzo.'

Lo dice y vacía su vaso también y pone cara de asco.

Al rato Andrea se acerca donde Nicole. Le ofrece trago pero su hermana no tiene ganas de tomar. Se quedan lado a lado hasta que el grupo toca su última canción. Los compañeros, un poco a la fuerza, piden 'Otra, otra, otra'.

Tres horas después todos bailan en el jardín al ritmo de las cumbias que retumban en la radio. Algunos se abrazan a ratos, en grupo.

Andrea solo ha cruzado unas cuantas palabras con Humbertito, justo después del concierto. No sabe dónde está ahora, a quién abraza, con quién baila, y no importa porque al igual que la mayoría de sus compañeros está sumergida en ese estado en el que la vida es solo lo que sucede a menos de un metro.

Julián se acerca y vuelve a quejarse de que Luisa trajera a su nuevo chico, si era una fiesta del curso y habían quedado que nadie más era bienvenido, con la única excepción de Xavi y Juancho, pero sin ellos no había concierto.

'Y Laura', dice Andrea.

'Sí, claro, pero Laura es el motivo de la fiesta, y además estaba en el curso. Lo del cojudo de Luisa no tiene justificación.'

'Estaba recontraincómoda.'

'Hubiera querido que se quede, hubiera querido hablar con ella.'

Andrea no entiende todo lo que le dice Julián pero sí entiende que todavía ama a Luisa. Entiende también que solo necesita ser un cuerpo que se mueve y salta, un cuerpo borracho en medio de otros cuerpos igual de borrachos.

Jala a la Brujita, que baila sola a un lado. Tiene un vaso de vino en la mano.

'¿Treintaitrés treintaitrés treintaitrés?', les pregunta arrastrando las erres.

'De una', dice Andrea.

'Dale tú primero', dice Julián.

La Brujita baja de un sorbo un tercio del vino, Andrea hace lo mismo y al final él vacía el vaso. Algunos otros también tienen vasos en la mano y viendo tan envalentonada a Andrea la desafían. Ya nada hace daño, ya nada interfiere o jode. Todo está hecho de aire, de gelatina, de ilusión.

Ladislao también debe saberlo. Por eso enciende la cámara de rato en rato y se pone a filmar. Es lo que hay, lo que seguirá habiendo siempre en esas cintas. Andrea se pregunta qué dirían sus padres si las vieran o si llegaran ahora mismo, mientras Laura y Mario van a echarse a la tumbona al lado de esa en la que Juancho se ha quedado dormido. Qué dirían si supieran lo que en verdad somos, se pregunta Andrea. Seguramente los atravesaría la misma decepción que sentirían ellos si supieran quiénes son sus padres.

'¿Mejor que nunca o peor que nunca?', le pregunta la Brujita.

Pronuncia apenas, parece dormida.

'Mejor que nunca', responde.

'Entonces nos vemos en el fondo', dice la Brujita, que hubiera dicho lo mismo si Andrea elegía la otra opción, y le pasa otro vaso de vino. Lo vacían y se abrazan y se quedan largo rato así, moviéndose lento, hasta que empieza a sonar una canción de Maná. Los demás arman alboroto. El Enano está en medio, haciendo como si fuera el vocalista. "Mariposas bailan en mi pecho, el calor no se dispersa amor... Oye nena te quiero besar de los pies a la cabeza, amor..." Usa su vaso como micrófono y se toma en serio el asunto.

'¡Esa, Enano!', grita Julián.

'¡Beethoven pero también tú!', grita Andrade.

Solo entonces Andrea siente el malestar. Sabía que era mala idea mezclar vino y ron pero no esperaba esto, no tan pronto.

Su boca se llena de saliva. Camina hacia la casa y se resbala y nadie la ve. La taza del baño de abajo está toda vomitada. No aguanta el olor a podrido, así que vomita en el lavamanos. En el espejo nota que tiene la pintura de la cara corrida y el cabello despeinado. Sonríe mirándose, sonríe ante la evidencia de su juventud y de su nueva vida, sonríe ante lo que siempre está a punto de empezar.

Quiere volver afuera, bailar hasta el amanecer, pero antes necesita echarse un rato. Las dos Marianas se han quedado dormidas sobre el sofá y hay alguien botado en el suelo. En las gradas vuelve a resbalarse.

La luz de su cuarto está encendida y le cuesta entender por qué hay tantas cosas desparramadas por todas partes. Luego ve a Humbertito parado a un lado, leyendo algo. Aunque esté más borracha que nunca en su vida, se da cuenta de inmediato lo que es. Porque ve la mochila a sus pies y porque tiene el sobre del laboratorio en la otra mano.

'Era esto, entonces', dice Humbertito. Está borracho también, se le nota en todo. '¿Por qué no dijiste? Yo me hago cargo, gata.'

'Mejor hablemos mañana.'

'¿Por qué no dijiste?'

Se queda quieta al lado de la puerta, sosteniéndose apenas. Debió deshacerse del sobre como se deshizo del corazón de helio y del oso de peluche. Debió deshacerse del sobre como se deshizo de eso que no era nada pero que sí lo hubiera sido si lo dejaba ahí. Su boca de nuevo se llena de saliva.

'No me siento bien. Necesito descansar.'

'Yo sabía que había algo', dice Humbertito. 'Estaba segurísimo. Pero jamás hubiera imaginado esto. Jamás de los jamases. ¿Cuándo pensabas decirme?'

Andrea pasa por su lado y se encierra en el baño. Se hinca en la taza y vuelve a vomitar. Casi no ha comido pero reconoce en medio de la bilis pedazos de papas fritas. Todo se mueve y no sabe qué hacer. Le urge dormir.

Humbertito toca la puerta.

'Tenemos que hablar.'

Uno o dos minutos después vuelve a tocar, más fuerte esta vez.

'Abrí, gata.'

Solo durmiendo va a reaccionar. Se enjuaga la boca y sale. Su cama está cubierta de las cosas que él sacó de su velador. Empieza a botarlas al suelo, a hacerse espacio, cuando él la agarra del brazo.

'Yo me hago cargo de todo, desde ahorita mismo.'

Las cosas se mueven y no le gusta su mano agarrándole fuerte. Quiere echarse y no le gusta el tono de su voz, que esté diciendo lo que cree que tiene que decir, lo que hubiera dicho de haberle contado antes. Quizá eso es lo que más odia de Humbertito, a su lado todo se siente como una grandísima farsa.

'Ya no hay nada', murmulla.

'No entiendo.'

'...'

'...'

'Eso. Ya no hay nada. Me han limpiado. Por adentro.'

Andrea está por decir algo más cuando recibe el primer puñete. Es tan duro que la hace caerse hacia atrás. Retrae su cuerpo, se ovilla lo más que puede, mientras siente varios golpes más en su cabeza y en su espalda. Apenas nota que está ensangrentada entra en pánico. Intenta gritar, defenderse golpeando también, pero al final nada sirve excepto cubrirse y esperar que la furia de Humbertito se apacigüe. En algún momento piensa que se ha quedado dormida. No sabe cuánto tiempo ha pasado, ni siquiera está segura si fueron segundos o minutos. Le duele la cara y no puede ver bien y de rato en rato llegan más patadas y puñetes. Había un espejo en el baño de abajo, había pasto allá afuera. Piensa que la sangre se ha metido a los ojos y se quiere limpiar y eso lo hace todo aún peor. Las cosas se siguen moviendo, ahora solo hay un cuerpo que no sirve. Antes había abrazos y alegría, había una canción de Maná. Él empieza a desajustarle la ropa. Está tan borracho como ella y es torpe. El cuerpo de Andrea es un cuerpo que no sirve y siente como si se hubiera ido de él apenas recibió el primer puñete o incluso antes, mientras se emborrachaba. De nuevo intenta gritar pero solo le salen gemidos de ahogada. Desde lejos llega el bullicio de los otros, una melodía pegajosa. La hurga y jalonea, la hace mierda. Lo piensa con esas palabras mientras siente el regusto metálico de su propia sangre. El dolor se propaga por la cara y los brazos, por ahí abajo. Algo está haciendo y ella suelta gemidos de ahogada y quiere rasguñarle la cara pero no le alcanzan las fuerzas y no sabe bien qué sucede pero sigue dormida o ausente aunque todo se mueva, aunque ya no pueda ver, aunque necesite más que nunca reaccionar.

'Puta de mierda', le está diciendo él, 'puta asquerosa, puta de la calle.'

Ladislao y Julián están en la camioneta medio destartalada del viejo de Juancho, esperando que un semáforo en la Libertador cambie a verde, cuando se les acerca uno de los cleferos de la zona. A diferencia de los otros es blancón y medio viejo, y su cara está magullada por una golpiza reciente. Juancho encuentra unas monedas en su bolsillo y se las entrega. El hombre agradece y se hace a un lado. Ladislao sigue mirándolo por el retrovisor mientras se alejan.

'¿Qué ondas?', pregunta Julián.

'Creo que era mi tío.'

'¿El drogo ese?'

'Sí, creo que era mi tío. Siempre anduvo de malas, pero no sabía que había caído tan bajo, ni que ya había salido libre. Pasó no sé cuántos años en la cana.'

'¿En serio?'

'Llevó coca al Brasil pero no pudo venderla allá porque no tenía contactos, y se le acabó la plata para el hotel y la comida y esas cosas, así que estuvo obligado a volverse, a volverse con toda la coca que había llevado. Y en el lado boliviano lo agarraron.'

'Pero qué pelotudo.'

'¿Quieres que demos la vuelta?'

'Ni siquiera estoy seguro si era él. Vamos nomás.'

'Cuidado que tu tío nos haya choreado algo de ahí atrás', dice Juancho.

'Si no te reformas así vas a acabar', le responde Julián.

Están de buen humor, los ilusiona el concierto de la

noche, ver el video al fin. Ladislao no ha querido mostrárselos todavía.

'Hay que darle a la derecha en el próximo semáforo', dice. 'Y después volver a darle otra derecha en la primera callecita.'

Son las tres de la tarde, han decidido dejar todo listo desde temprano para después volver a sus casas a relajarse antes de la gran noche.

'¿Por aquí?'

'Es esa casota blanca.'

'Carajo, qué mansión. ¿Y sus viejos no están?'

'Sus viejos nunca están.'

'Me cago de la envidia.'

'Qué rica se ha puesto la Laura, ¿no?', dice Julián. 'Un poco gordita pero rica igual. El triple de mujer que cualquiera de las del curso.'

'La Andrea no se queda atrás.'

'Su hermana es todavía mejor. ¿Cómo es que se llama?'

'Nicole', dice Ladislao y se baja a tocar el timbre apenas estacionan.

Las chicas no están pero la empleada los deja entrar.

No tardan más de diez minutos en armarlo todo.

'Así mirando hacia el jardín está perfecto para nosotros', dice Julián. '¿A ti te funciona bien? Digo, para meterle la filmada.'

'Sí, perfecto', dice Ladislao.

Sabes que es amor cuando a cada rato quisieras que vea lo que estás viendo, que esté donde estás. Eso piensa ahí mismo más de cinco horas después, mientras agradece a todos los que lo ayudaron a hacer el video. Luego lo pone y enciende la cámara y se aleja para filmar la reacción de sus compañeros. Bien visto es su primera premier y quiere dejarla guardada.

La Brujita se ríe varias veces. Mario silba y la Mariana chica le dice algo al oído a la Mariana grande. Los del grupo sonríen como niños. A Ladislao cada una de esas sonrisas lo hace sentir que tiene que persistir en su empeño, que es menos fácil de lo que parecía pero que si sigue poniéndole huevos algún día va a ser capaz de lograr algo valioso. Aunque sea imposible hacer una edición cuidada usando dos VHS, y aunque de la historia no se entienda ni mierda, el video no ha quedado mal. Es bien Mekas y es bien grunge y nada podría alegrarlo más. Pero no piensa en eso sino en Joan y en cuánto le hubiera gustado que esté ahí, sabiendo lo que es su vida cuando ella no está. Por más que insistió, no quiso acompañarlo. 'Nadie necesita una profesora en su fiesta', dijo riéndose cada vez. 'Nadie, Ladislao, solo tú.'

Termina la canción y los del curso aplauden y el grupo arranca. Los filma desde distintos ángulos. La batería suena demasiado fuerte y el bajo casi no se escucha pero igual los tres juntos se oyen bien. Andrea vacía su vaso de un sorbo, Laura y Mario bailan, el Enano sacude su cabeza. Humbertito y Andrade se congratulan con golpes en el pecho. Lo está guardando todo en pedazos. Más allá de las escenas del video, y de esos segundos en su cama en los que es casi imposible distinguirla de la oscuridad, ¿por qué no ha filmado más a Joan?

El jardín es enorme y se nota que los jardines de los vecinos también lo son. Eso aísla el sonido y evita las quejas. Ladislao imagina que están solos en el mundo, suspendidos en medio de esa misma dimensión desconocida del otro día. No había una ciudad entonces, ahora son los últimos supervivientes de una catástrofe en la que, de un segundo a otro, billones de humanos y animales han dejado de existir. No sabe por qué a ellos no les ha tocado pero a ellos no les ha tocado todavía, y quizá tampoco a Joan. Mañana la buscará para mostrarle la filmación de la última noche en la tierra. La noche en la que lanzó su primer video de verdad, la noche de la valentía y de la constatación del amor.

Siguen horas de borrachera dura que en algún momento desembocan en un círculo en el que junto a Andrade, el Enano y Julián toman tapitas de un whisky del viejo de Andrea que alguno de ellos ha ido a sacar de la casa. En ese círculo sucede su desmoronamiento, ahí empieza a suceder, cuando Julián le pregunta a Andrade por qué no vino Robinson, el único que no llegó además de Benito, aunque en el caso de Benito nadie espera que llegue a nada.

'Anda desaparecido', responde Andrade sonriendo raro.

'Contá', dice el Enano, porque es obvio que esa sonrisa significa algo.

'Hablá, carajo', dice Julián.

'Solo si secan', dice Andrade. Y apenas lo hacen lo suelta de una. 'Debe estar culeándose a la gringa', dice con esas palabras que Ladislao nunca va a saber cómo sacarse de adentro. No hay nadie más en el mundo, han muerto todos, y esas son las únicas palabras que resuenan en el aire una y otra vez.

'¿A qué gringa?', pregunta el Enano.

'¿A qué gringa?', pregunta Julián.

'La gringa de Inglés, quién más', dice Andrade. 'Pero porfa no digan nada.'

'¿Se culea a Joan? Qué hijo de la gran puta', dice el Enano.

'¿Hace cuánto?', se fuerza a preguntar Ladislao.

'¿Hace cuánto qué?', pregunta Andrade.

'¿Hace cuánto se culea a la gringa?'

'No estoy seguro, pero ya rato. Y creo que el Mario también le mete de vez en cuando. Parece que a la cojuda le encanta.'

'¿Y tú también?', pregunta Julián.

'Yo no he intentado todavía', responde Andrade.

'Bueno, yo acabo de decidir que necesito clases de inglés', dice el Enano.

Ladislao deja de oírlos en ese momento. Se levanta y camina hacia el fondo del jardín. Sus amigos le están hablando pero ya nada importa, ni la fila de arbolitos a los que les va rozando las hojas al pasar, ni la música que retumba de fondo, ni el cielo naranja o verde o negro. Entiende por primera vez en su vida qué significa sentirse solo. Entiende por primera vez qué significa que se te rompa el corazón. No es posible medir el amor como se mide la temperatura y no es posible medir el dolor como se mide una distancia y está más borracho de lo que pensaba y sus amigos le están hablando todavía: '¿Qué haces, Ladi?', '¿Te ayudamos a buitrear?'. No responde porque no tiene voz y se sienta en el pasto pero no tiene cuerpo y quizá nada sea real después de todo o quizá la película de su vida acaba de cambiar de género sin que nadie le haya pedido su opinión.

No sabe cuánto tiempo después aparece Julián. Lo saca de su mutismo y de su quietud apoyando una mano en uno de sus hombros. Está pálido, como si acabara de ver al diablo cara a cara, y tiene los ojos aguados.

'Ha pasado algo jodido', murmulla apenas.

A eso de las cuatro todos los del curso están en el cuarto de Andrea. Ella tiene la cara desfigurada y la ropa empapada de sangre. Las chicas la limpian y la ayudan a cambiarse de ropa. Para suavizar su temblor, a Nicole le ponen una chamarra sobre los hombros y le acarician el cabello. Con la voz un poco entrecortada, ella cuenta lo que vio cuando los ruidos en el cuarto de su hermana la despertaron.

A nadie se le ocurre ocultar la pistola que ha quedado botada cerca de la puerta ni tampoco cubrir el cuerpo de Humbertito. Aunque siguen borrachos, el shock los ha despabilado. Saben que lo más urgente es llevar a Andrea a un hospital pero tardan en ponerse de acuerdo y de nuevo son apenas unos niños. Lo único que logran hacer es llamar a sus viejos. Les dicen que ha habido un accidente grave y que los necesitan en la casa de su compañera.

En otras circunstancias Ladislao quizá hubiera buscado la cámara y se hubiera puesto a filmar, pero lo que ha oído sobre Joan le ha hecho tanto daño que lo demás ha perdido sustancia. Hubo violencia y muerte y él está lejos, atestiguándolo mal. Hubo violencia y muerte y él solo siente el vacío que ha ocasionado todo eso que era mejor no saber.

Media hora después la mayoría de sus viejos están en la casa, igual de horrorizados y confundidos que ellos, negociando entre sí cómo avisarles a los padres de Humbertito y también a los de Andrea y Nicole.

Hay catorce personas donde solo había lugar para ocho y van apretados. Ladislao tiene los audífonos puestos, suena la última grabación del grupo de Julián. No es lo que le gustaría estar oyendo pero se le olvidó sacar más casetes. No ha podido dormir un solo segundo en la flota de Cochabamba a La Paz y ahora, en el trufi que desde ahí lo lleva a Copacabana, tampoco logra hacerlo. Todavía no sabe cómo deshacerse del ruido ensordecedor que ha desencadenado la fiesta en casa de Andrea. Menos de una semana después, tras las nuevas eventualidades, un periodista rastreó el caso y escribió un artículo que ocasionó escándalo nacional. "Los ricos también lloran", tituló su artículo. Debajo pusieron una foto enorme del incendio que al día siguiente reprodujeron otros dos periódicos con titulares igual de excesivos: "Tragedia cochabambina", "Una historia de horror". Ladislao sigue sin entender la mecánica de los hechos, pero además los últimos días se le aparecen atravesados por Joan. Se saludaron de lejos en el velorio, donde ella no se quedó más de media hora. Al día siguiente, en el entierro, la evitó. Los otros pasajeros del trufi se han ido quedando dormidos. No son ni las seis de la mañana, detrás de las montañas empieza a clarear. Es la hora en la que el mundo vuelve a empezar, la hora contraria a esa otra en la que se acaba día a día. A pesar de todo le gustaría que ahora mismo ella esté a su lado. Ir a Copacabana por primera vez, enfrentarse al lago, cruzar a la Isla del Sol: hubiera querido estar haciendo todo eso con Joan.

Le han dicho que el lago purifica a sus visitantes, que los limpia por dentro y les devuelve la paz. Le han dicho que para los incas era una especie de santuario. Le han dicho que hace frío y que va a tener que comprarse una buena chompa al llegar. Cruzando el lago está el Perú. Podría huir en serio si quisiera. Irse allá, buscar trabajo, hacerse hombre. Darle la espalda a lo que todavía lo espera en Cochabamba. No pasa nada durante meses o años y luego en semanas o días todo se pulveriza. Pero lo que parece casual quizá era inevitable. Tantos momentos que quisiera pausar y retroceder, los puñetes y las balas justo antes de que lleguen a destino, la chispa antes de que se propague el fuego, él encontrando a Joan en el videoclub esa tarde hace poco más de dos semanas que parecen cien o mil. Mira hacia ahí y a ratos siente el impulso de decirle al muchachito ese: No entres, acabas de ver una peli en el cine, es suficiente por hoy, vuelve a casa. Pero la mayoría de las veces lo pone feliz verlo entrar, verlo botado en el sofá de Joan, verlos a los dos embobados por la marihuana y las imágenes desoladoras y furiosas de *Happy Together*.

Los doctores del hospital al que llevaron a Andrea dijeron que no era posible salvarle el ojo derecho. Esa misma madrugada, desde Miami, sus padres movieron influencias y un montón de plata para que ella y su hermana fueran trasladadas de urgencia allá, adonde llegaron por la noche en una avioneta médica. Costaba entender por qué Humbertito la deshizo a golpes. Cuando el padre de él quiso que apresaran a Nicole, ella ya no estaba en la ciudad. En el velorio y el entierro no dejaba de llorar al lado del ataúd de su hijo, por su muerte pero quizá también por no haber impedido que se fuera quien la provocó. Resultaba extraño ver a un hombre tan grande y fornido así de vulnerable.

El dolor empequeñece a la gente. Ladislao lo sabe ahora más que nunca en el trufi que lo lleva a Copacabana. Siente el cansancio de la noche en el cuello, donde cuelga todavía el collar que le compró ella la primera vez que fueron al bar ese. Lleva días durmiendo apenas, días en los que él tampoco ha parado de llorar. Por Andrea y su ojo destrozado, por Humbertito metido en un ataúd, por Nicole y la pistola en sus manos y la muerte en sus manos, sobre todo por la traición de Joan. ¿Existía la posibilidad de que Andrade se lo hubiera inventado todo, de que ella solo hubiera estado con él? ¿Podía ser una fantasía de Robinson y Mario, un rumor infundado entre muchos otros, una mentira de borrachos nada más? Ladislao no quiso indagar. Se le habían movido todas sus certidumbres y no tenía fuerzas para nada que no fuera preguntarse una y otra vez si pudo hacer algo diferente, y si había participado de manera involuntaria en el desenlace de esas historias, la de Andrea, la de Humbertito, la suya.

El director del colegio le dio una semana libre al curso. Habían perdido a un compañero y, en cierta medida, también habían perdido a otra. '¿Por qué no aprovechas para viajar?', le sugirió su mamá una noche mientras le acariciaba la espalda. Parecía asustada, seguramente nunca lo había visto tan desolado. 'Preguntale a Julián si se anima. Váyanse unos días al campo, o a La Paz, o al lago Titicaca, a donde sea. Invito yo, todo incluido.'

No ha traído la cámara a propósito. No le gustaría que nada de esto quede guardado. Esto es lo que ya no importa, la parte sin ningún valor, las sobras. Esto es lo que viene después del amor y lo que viene después de la guerra y lo que viene después de la ingenuidad. Quizá no había nada de eso pero el contraste con lo que hay ahora hace que parezca que sí lo hubo.

Cierra los ojos, con cansancio pero también con angustia. Ve la cara destrozada de Andrea, el cuerpo desplomado de Humbertito, la quietud de Nicole con la pistola caliente todavía en las manos. Al otro lado de la mesa de su cocina ve a Joan chupando la bombilla del mate. La ve en el videoclub, la ve metida en la fuente de la plaza Colón. La ve en el placer y la entrega, aferrada a sus convicciones, riendo. La ve caminando desnuda por su cuarto, enseñándole cómo funcionan los cuerpos y el amor. Ve también la casa de Andrea y Nicole en llamas. La única manera que encontró el padre de Humbertito para aliviar su impotencia fue prendiéndole fuego. Lo hizo tres noches después del entierro, con la ayuda de algunos trabajadores de su constructora. Los bomberos solo lograron controlar la situación seis horas más tarde. Para entonces la casa estaba maltrecha y no mucho después terminó desplomándose. Como resaltaba el periodista que escribió el primer artículo, el único consuelo era que la empleada al parecer había vuelto a su pueblo la noche anterior.

En los audífonos Julián dice que hay flores saliendo del techo, que la jirafa del zoológico se ha muerto, que tiene miedo del viento y de la lluvia y de las cosas que no duran para siempre.

Cuando Ladislao abre los ojos al fin, ya todo está ahí.

Los dejan en la plaza. La iglesia a un costado es imponente.

Se pone la mochila al hombro. Nunca antes ha viajado y no sabe qué hacer. Tiene en el bolsillo la plata que le ha dado su mamá.

Al fondo se ve el lago Titicaca. Es tan azul que lo hace sonreír a pesar suyo. Ahí mismo estuvieron los incas, ahí mismo estuvieron miles o millones de otros en los siglos siguientes, rindiendo culto a la virgen del pueblo o buscando sanarse. Hay tiendas de artesanías y restaurantes y hostales. Una mujer de pollera vende pasankalla. Se compra una bolsa antes de bajar por la callecita que lo llevará a orillas del lago.

No sabe todavía que no tolerará quedarse más de dos días, que sentirá urgencia por ver a Joan y por decirle que le perdona las infidelidades y la locura y todo, por decirle que él se hizo demasiadas ideas en la cabeza pero que ya se ha deshecho de ellas, que ahora sí va a saber verla en serio, verla más allá de las expectativas y los sueños. No sabe que cuando vaya a buscarla el portero del edificio apuntará hacia un costado de la entrada, donde Ladislao verá arrinconadas sus plantas, mientras el otro le dice que la profesora se ha ido de regreso a su país la noche anterior. No sabe que ese será uno de los momentos más dolorosos de su vida, un momento que lo perseguirá durante años.

Ya a orillas del lago, comiendo pasankalla y todavía con la mochila al hombro, maravillado por el color del agua y aguijoneado por el frío, Ladislao no sabe que nueve meses después, apenas termine el colegio, se irá a Estados Unidos a visitar a su viejo, a conocerlo en realidad, ni tampoco que el verdadero propósito de ese viaje será Joan, a la que buscará infatigablemente y a la que nunca logrará encontrar, ni siquiera cuando poco después se popularicen el internet y las redes sociales. A sus diecisiete, no sabe Ladislao que entre una cosa y otra terminará quedándose en Estados Unidos, que vivirá en una decena de ciudades en las que siempre caminará atento a la gente y en las que trabajará haciendo de todo, pero que nunca hará una sola película, ni un solo cortometraje siquiera, y que en medio de la rutina agobiante uno de sus pensamientos más recurrentes será que la adultez no es un buen lugar.

Más allá de las alegrías inesperadas y de la gratitud eventual, más allá de las promesas sigilosas de nuevos amores, más allá de todas las mentiras y más allá incluso de los recuerdos y su resonancia y su luz, no sabe Ladislao que la tristeza y la depresión se harán relativamente constantes y que los fantasmas persistirán y se volverán cada vez más molestos. No sabe que, motivado por esa suma incierta, un año y medio antes de cumplir los cuarenta decidirá salirse para siempre de la realidad saltando desde un onceavo piso. Pero eso es el futuro y no importa. Mejor dejarlo ahí, al final de un par de semanas decisivas, a orillas del lago Titicaca. El almíbar de la pasankalla se disuelve en su paladar. Se sienta en una piedra y deja la mochila en el suelo. Tiene diecisiete años y las cosas han ido mal esos últimos días pero quizá empiecen a mejorar. Mejorar cómo no sabe pero es la posibilidad lo que importa.

Acaba la pasankalla y guarda la bolsa en el bolsillo y frota sus manos para calentarlas. Se da la vuelta y mira hacia el pueblo. Es un poco miserable y es más pequeño de lo que esperaba y es hermoso. Vuelve a ponerse la mochila al hombro, a acomodarse los audífonos, a darle play al casete.

Tiene que ir en búsqueda de hospedaje.

Empieza a caminar.

MAPA DE LAS LENGUAS UN MAPA SIN FRONTERAS 2020